MARIANNE MOORE

九桃盘

〔美〕玛丽安·摩尔 著
倪志娟 译

人民文学出版社

图书在版编目（CIP）数据

九桃盘 /（美）玛丽安·摩尔著；倪志娟译.
—— 北京：人民文学出版社，2024（2025.1重印）
（巴别塔诗典）
ISBN 978-7-02-018532-0

Ⅰ.①九… Ⅱ.①玛…②倪… Ⅲ.①诗集-美国-现代 Ⅳ.① I712.25

中国国家版本馆 CIP 数据核字 (2024) 第 041828 号

责任编辑　朱卫净　何炜宏
装帧设计　李苗苗

出版发行　人民文学出版社
社　　址　北京市朝内大街 166 号
邮政编码　100705
印　　制　凸版艺彩（东莞）印刷有限公司
经　　销　全国新华书店等

字　　数　120 千字
开　　本　889 毫米 ×1194 毫米　1/32
印　　张　9.125
插　　页　5
版　　次　2024 年 4 月北京第 1 版
印　　次　2025 年 1 月第 2 次印刷
书　　号　978-7-02-018532-0
定　　价　79.00 元

如有印装质量问题，请与本社图书销售中心调换。电话：01065233595

目录

译者序 _1

尖塔修理工 _1
英雄 _6
跳鼠 _10
没有天鹅这般精致 _19
双冠蜥 _20
军舰鸟 _28
水牛 _32
九桃盘 _36
致一只可以获奖的鸟 _39
鱼 _40
在这艰苦奋斗的时代,无动于衷是好的,而…… _43
致不朽的治国之道 _45
诗 _47
咬文嚼字的学究 _50
批评家与鉴赏家 _52
猴子 _55

光谱原色时代　_ 57

彼特　_ 60

挑拣和选择　_ 63

英格兰　_ 65

当我购买图画时　_ 68

坟墓　_ 70

那些不同的手术刀　_ 72

赫拉克勒斯的劳作　_ 74

纽约　_ 76

人的环境　_ 78

蛇，猫鼬，耍蛇者，诸如此类之物　_ 83

草地滚球　_ 85

新手　_ 87

婚姻　_ 91

一条章鱼　_ 106

大海的独角兽和陆地的独角兽　_ 116

猴谜树　_ 121

不公正的园艺　_ 123

致军事进步　_ 124

一个拉制的埃及鱼形玻璃瓶　_ 126

致一台蒸汽压路机　_ 127

致一只蜗牛　_ 128

"没有什么能治愈生病的狮子,除非让他吃掉

　　一只猿" _ 129

致法兰西的孔雀　_ 130

过去是此刻　_ 132

"他创作了这本历史书"　_ 133

寄居在鲸鱼中　_ 134

沉默　_ 136

布莱克　_ 138

他制作这扇屏风　_ 139

致一只墙壁里的老鼠　_ 140

缄默与饶舌　_ 141

护身符　_ 142

恐惧是希望　_ 143

致一位战略家　_ 145

是你的小镇尼尼微?　_ 146

一个傻瓜,一种邪恶之物,一个不幸的疯子　_ 147

勤劳是施魔法,正如进步是飞翔　_ 148

"砖块倒塌了,我们将用凿好的石头重建。

　　　无花果被砍倒了,我们将改种雪松。"　_ 149

乔治·摩尔　_ 150

被你喜欢是一种灾难　_ 152

像一根芦苇　_ 153

玫瑰而已　_ 154

援军　_ 156

黑色泥土　_ 157

根基　_ 162

码头老鼠　_ 164

何谓岁月？　_ 166

苦行者　_ 168

光是言辞　_ 171

他"消化硬铁"　_ 174

学生　_ 178

浮躁如鸟　_ 181

斯宾塞的爱尔兰　_ 185

穿山甲　_ 189

纸鹦鹉螺　_ 195

然而　_ 198

黄鼬　_ 201

大象　_ 202

一辆来自瑞典的马车　_ 207

精神是一种迷人的东西　_ 211

不信任美德　_ 214

一张面孔　_ 219

情感的努力　_ 220

贪婪和真理有时相互影响　_222

礼节　_223

一个人编织的意大利之网　_226

迷迭香　_228

逻辑与《魔笛》　_230

哦，愿化身为龙　_232

我能，我可以，我要　_233

致一条变色龙　_234

一只水母　_235

使用价值　_236

不如"一株枯萎的水仙"　_237

在公园　_238

列奥纳多·达·芬奇的　_242

花岗岩和钢铁　_245

精神，棘手之物　_247

梦　_249

旧游乐园　_252

一种权宜之计——列奥纳多·达·芬奇的——
　　和一种疑问　_254

W. S. 兰德　_257

致一头长颈鹿　_259

亚瑟·米切尔　_261

译者序[①]

对玛丽安·摩尔（Marianne Moore，1887—1972）而言，1915年是意义深远的一年，这一年《诗刊》和《他者》杂志分别发表了她的五首诗。这两本杂志可谓美国先锋诗歌的代表性杂志，摩尔在这两本杂志的露面，意味着她开始进入美国先锋诗人群。不仅如此，摩尔在美国之外的诗歌圈也开始拥有影响力。这一年伦敦的《自我主义》杂志连续几期发表了她的七首诗，这本杂志由意象派女诗人H. D.的丈夫理查德·阿尔丁顿（Richard Aldington）主持。H. D.读到摩尔的作品后，大为倾心，给她写信，询问她是不是布林莫尔学院的校友，两人由此相识并成为好友。1921年，在摩尔毫不知情的情况下，H. D.夫妇和英国女作家布莱尔（Winifred Bryher）在伦敦筹划出版了

[①] 本文选自《"消化硬铁"：玛丽安·摩尔诗论》，倪志娟著，北岳文艺出版社，2022年。

摩尔的第一本诗集《诗集》(Poetry)，这个集子收录了摩尔的二十四首诗。这一举动并没有取悦摩尔，反而让她有些微不快，对于一个喜欢咬文嚼字、反复修订自己作品的诗人而言，她更希望在自己的掌控下出版诗集。

1915年12月，受《他者》杂志的主编阿尔弗雷德·克林堡（Alfred Kreymborg）邀请，摩尔第一次前往纽约，拜访了克林堡夫妇，结识了一些艺术家朋友和编辑，参观了著名的"291"画廊。摩尔在给哥哥沃伦的信中，将这次纽约之行比喻为"寄居在鲸鱼中"，这个比喻来自《圣经》，先知约拿因违背上帝使命被鲸鱼吞噬三天后复活，喻示了基督将在死后三天复活，摩尔借这个故事表达了自己的迷茫和对未来的期待。

"鱼腹"一般的未知处境，既是那个政治、经济、文化剧烈变革的时代给予摩尔的感受，也是纽约这个奇幻的大都市和陌生的诗人群体给予她的吸引力。面对理性主体的破碎，抒情诗镜像语言与依靠二元对立模式确立的写作立场的崩溃，摩尔以及她即将加入的美国现代诗群不得不另辟蹊径，探寻新的支点，这是一份严肃的责任。对于摩尔这样年轻的女诗人而言，这个问题更为严峻。

摩尔找到了一种合成性策略应对现代诗歌创作语境，"她在精神上是传统的，在风格上是现代的"[1]，艾略特（T. S. Eliot）在1935年为摩尔写的序言中将她的这一策略称为"新瓶装旧酒"[2]。摩尔的引语和音节诗的形式是新的。她和其他现代诗人一样，重视形式创新，借鉴了现代工业的复制技术、流水线上的装配流程，运用如科学家般的精确描述、晦涩坚硬的词语、别致的音节、对引语的拼贴等技巧，塑造了矜持、拘束而又特立独行的诗歌风格。但摩尔的情感质地是传统、保守、宗教式的，她拥有坚定的信念，重视诗歌的价值担当，这使她不但没有经历个性的崩溃，反而实现了个性与诗歌的统一性，在创新的同时不失端庄的礼仪。她说，"风格意味着作者将他的素材、技术与独特的个性特质融合在一起"[3]，一个作者是词语的创造者，会用他自己的个性为词语盖上烙印。艺术的悖论在于，"一个作品只有植根于他的创作者最个性

---

[1] Holley, Margaret. *The Poetry of Marianne Moore: A Study in Voice and Value*. Cambridge: Cambridge University Press, 2009. p. 25.

[2] Eliot, T.S. "Introduction to Selected Poems By Marianne Moore." In *The Critical Response to Marianne Moore*, ed. Gregory, Elizabeth. Westport: Praeger Publishers, 2002. p. 106.

[3] Moore, Marianne. "Idiosyncrasy and Technique." In *The Complete Prose of Marianne Moore*, ed. Willis, Patricia C. New York: Viking Penguin Inc, 1987. p. 514.

化、最独特的品质时,才可能是普遍性的"①。1963年,七十六岁的摩尔在广播电台的发言中重申,诗人要用正直品性给诗歌带来光芒,"作家的个性和情感将超越形式"②。

摩尔的精神范式根源于她的天性以及成长的家庭氛围,亲密关系支撑着她的思考和写作。这种亲密关系首先来自她的原生家庭。1887年摩尔出生于美国密苏里州的柯克伍德城(Kirkwood),圣路易斯的郊区。她并不拥有世俗意义上完整幸福的家庭,父亲在她的成长过程中是缺席的。摩尔尚未出生,她的工程师父亲约翰·汉弥尔顿·摩尔就因为一项无烟锅炉设计失败而精神崩溃,住进了马萨诸塞州的精神病院。摩尔的母亲选择了独身,即使在摩尔的父亲精神恢复之后,也拒绝复合。她带着摩尔和她的哥哥沃伦(比摩尔年长十七个月)回到摩尔的外公身边,为其料理家事,一直到摩尔的外公于1894年去世。

摩尔的外公约翰·里德尔·沃纳是柯克伍德城长

---

① Moore, Marianne. "Idiosyncrasy and Technique." In *The Complete Prose of Marianne Moore*, ed. Willis, Patricia C. New York: Viking Penguin Inc, 1987. p. 517.

② Schulman, Grace. *Marianne Moore: The Poetry of Engagement*. Urbana & Chicago: University of Illinois Press, 1986. p. 17.

老会受人尊敬的牧师，与艾略特的祖父艾略特神父相识，但两个家庭没有交往。艾略特比摩尔小十个月，也出生在圣路易斯，他们在家乡并无机会结识。外公对宗教的虔诚熏染了摩尔的心性，在摩尔的诗歌中，我们经常可以听见宗教的回音，这些回音扩散为严肃的使命感和本能似的道德诉求。

外公去世后，摩尔的母亲带着两个孩子移居宾夕法尼亚州的卡莱尔（Carlisle），在一所女子学校教授英语，据说她是一个优秀的教师，深受学生喜爱。

1905年摩尔入读布林莫尔学院。大学期间，她探索了很多领域，对自己的未来有诸多设想，她想学医或者画画，对生物、文学等课程有浓厚兴趣，开始在学校的文学杂志发表诗歌。摩尔曾将她的同学——现代作家亨利·詹姆斯（Henry James）的侄女、实用主义哲学家威廉·詹姆斯（William James）的女儿佩吉·詹姆斯（Peggy James）视为自己的榜样，这种青春期寻找偶像的热情持续一年多后，摩尔逐渐理清自己的思路，超越这段友谊。佩吉很快结婚，创作才华消磨于平庸的家庭生活。

布林莫尔学院的院长凯丽·托马斯（Carey Thomas）对摩尔影响很大。托马斯倡导男女平等，鼓励在校女生与男性同等竞争，追求自我发展。摩尔后来回忆这段生活，认为大学经历使她获得了一种安全感，这种安全感很大一部分来自托马斯小姐传递给她的信念。她说："读大学时，女性主义还没有被视作理所当然；它是一个动机。它被托马斯小姐热心实施并加以鼓励……她为我们扫清障碍，也让我们直面困难……我记得她令人愉快的微笑……假如错过了早晨的礼拜课，我们会觉得这是一种严重的缺失……巴顿先生用严肃、平稳的音调朗读《圣经》选段，托马斯小姐则会评论政治、文学或者校园事件。你也许可以猜到，我们参与的热情并非冲着礼拜而去。它要归功于托马斯校长出人意料的原创性。"[1]

1909年，摩尔从布林莫尔学院毕业，获得文学学士学位。此时摩尔尚无工作打算，一心期盼投入她所向往的写作之中。哥哥沃伦提醒她，他们兄妹应该承担起自己的责任，减轻母亲的经济负担。摩尔报名进修了卡莱尔商业学院的秘书课程，学习了速记和打字等技能，随后应聘到普拉西德湖区（Lake Placid）一个度假村从事文职工作。三个月后，度假村由于财政状况不佳，解雇了她。摩尔回到卡莱尔，在卡莱尔的

---

[1] Holley, Margaret. *The Poetry of Marianne Moore: A Study in Voice and Value*. Cambridge: Cambridge University Press, 2009. p. 3.

一所印第安学校教授速写、打字、家政等课程。她的教学成绩并不逊色——美国著名运动员詹姆斯·索普（Jim Thorpe）即是她的学生之一，而她对教书并无真正兴趣，她推崇母亲的教学能力，认为自己并不适合这一职业。

摩尔的哥哥从耶鲁大学毕业后，成为长老会的牧师，1916年被任命为新泽西州查塔姆（Chatham）奥格登纪念堂的牧师。在他就职之后，摩尔和母亲前去为他照料家务。

大学毕业后，摩尔对于诗歌的兴趣固定下来，开始在公开刊物发表作品，结交了一些诗人朋友。在进入纽约先锋诗群之前，摩尔经历了隐忍和积淀的几年，她的诗歌常常被编辑退稿或否定。她后来在信中提及，初学写作时她有足够的韧性，可以投稿二十六次，直到稿件最终被接受[1]。

她的生活方式也固定下来。在短暂的外出就业三个月之后，摩尔选择了与母亲生活在一起，此后她们再没有分离过，直到她的母亲于1947年去世。在相对安稳的岁月中，她与母亲、哥哥三人组成了一个亲

---

[1] Holley, Margaret. *The Poetry of Marianne Moore: A Study in Voice and Value*. Cambridge: Cambridge University Press, 2009. p. 19.

密的核心小团体，循环通信，分享自己的各种心得、见闻。

摩尔对自己的评价是内向。少女时期，她缺少自信，觉得自己如同世界的局外人。她不喜欢自己的脸，也不喜欢自己的服饰。她的哥哥则是一个外向的人，鼓励她参与社交活动，对她说，"一头有爪子和牙齿的熊总要有机会去使用它们"[①]，这句话后来被摩尔写入了描写一只猫的诗歌《彼特》之中。当摩尔在社交上畏惧不前时，她的哥哥会推动她前行，比如当她犹豫是否要去拜访史蒂文斯（Wallace Stevens）时，她的哥哥会直接走进电话亭给史蒂文斯打电话，约好时间地点，陪她一同前往。

摩尔的母亲在她生活中扮演了多重角色，她是母亲，也是摩尔的老师、朋友、读者和诗歌灵感的制造者。母亲独立的性格、虔诚的宗教信仰、不俗的文学品位以及对生活的无限热情，直接影响了摩尔。在相互陪伴的过程中，她们分享对书籍的兴趣、对动物以及外在世界的好奇，更重要的是，分享对诗歌的爱。摩尔享受来自女性长辈的激励，也愿意将这种激

---

① Marianne Moore. "If I were Sixteen Today." In *The Complete Prose of Marianne Moore, ed.* Willis, Patricia C. New York: Viking Penguin Inc, 1987. p. 503.

励延续下去，她在与比自己年轻许多的女诗人毕肖普（Elizabeth Bishop）的关系中扮演了类似于母亲与导师的角色。摩尔所理解的女性之间的精神承续，不同于弗洛伊德（Sigmund Freud）、哈罗德·布鲁姆（Harod Bloom）等人所分析的男性代际之间的"弑父情结"或"影响的焦虑"，更多是带着关爱、奉献与彼此成就的正向价值，就像她在诗歌《纸鹦鹉螺》中所描述的母爱，其中有微妙的竞争，但爱会战胜一切。

因为母亲和哥哥的情感支撑，父亲的缺席并没有给摩尔带来过多困扰，相反，为她免除了成长过程中必须面对的性别束缚和身份认同的困惑，使她得到了充分的独立空间，这不仅体现在生活上，而且体现在精神上——既然不曾有一个真实的父亲引领她获得个人身份和社会角色，她也不需要与父亲所代表的男性权威展开认同与背叛的成长游戏。

"一战"爆发后，摩尔的哥哥加入海军，成为随军牧师。1918年，摩尔和母亲移居纽约格林威治村，租住在公寓中。摩尔担任了一段时间的家庭教师后，受聘为纽约公立图书馆的助理管理员，从1921年到1925年，她都在这个岗位工作。

虽然在移居纽约之前摩尔已经展现了自己的诗歌才华，但她的诗歌风格与纽约以及先锋艺术圈的滋养不无关系,她与这个圈子的艺术家保持了相同的追求方向,纽约的都市风貌、先锋艺术圈、博物馆和艺术画廊,也开拓了摩尔的诗歌视野。当摩尔打算定居纽约、加入格林威治村的艺术家群体时,她的朋友对此感到担忧,摩尔自己却很坦然,她说:"首先,我不认为任何人想要伤害我,其次,即使他们真的伤害了我,也没什么大不了的。"[1] 摩尔是一个思路敏捷的人,对许多问题都有自己的见解,在谈话时她能迅速转换话题,这种品质吸引了很多诗人并使她成为他们的朋友。她交往的对象,有毕肖普这样比她年轻的女诗人,也有比她年长的男诗人,包括艾略特、庞德(Ezra Pound)、史蒂文斯、威廉斯(William Carlos Williams)等。他们彼此通信,撰写评论,以诗歌为纽带建立了一种友好的私人关系,她可以肆意发展自己的特性而"不必忍受粗暴无礼"[2]。克林堡曾在文章中提到,在美国先锋诗人群体中,有部分诗人极为欣赏摩尔,她悦耳流畅的多音节语汇以及她对书籍的熟

---

[1] "Marianne Moore, The Art of Poetry." Interviewed by Hall, Donald. *Paris Review* (Summer-Fall 1961). http://www.theparisreview.org/interviews/4637/the-art-of-poetry-no-4-marianne-moore.

[2] Schulze, Robin G. *Becoming Marianne Moore: The Early Poems, 1907—1924*. Los Angeles: University of California Press, 2002. p. 14.

悉程度令格林威治村的许多男诗人感到敬畏，他们也从她那里得到了诸多教诲。

1924年，摩尔的诗集《观察》(Observations) 出版，这本诗集收录了五十三首诗，其中有部分诗歌来自《诗集》，《坟墓》《纽约》和《一条章鱼》三首诗赢得第二届《日晷》杂志诗歌奖，这本杂志随后刊发了五篇关于摩尔诗歌的评论。

1925年7月，摩尔成为《日晷》杂志的执行编辑，她在这个岗位做了四年，直到1929年杂志停刊。摩尔接手编辑工作时，这本杂志的办刊宗旨转向艺术领域，不仅刊发文学评论，也刊发音乐、戏剧、绘画、摄影、雕塑等评论，以小众品位对抗大众口味，在众多文艺杂志中脱颖而出。摩尔担任编辑期间，表现出很强的包容性，她推崇多元、共存、和谐的诗歌氛围，更愿意用一种感受性、体验性的方式去阅读诗歌，她的观点充满弹性，接近19世纪印象式的审美批评方法。同时，摩尔也强化了《日晷》杂志的艺术风格，使这本杂志相比美国同时期的如《他者》等其他杂志，更少政治性、先锋性和论战性，坚持了更纯粹的艺术趣味。

摩尔的编辑能力得到了许多人的认可，但也不乏批评之音。比如，文学批评家高汉姆·B.蒙森

（Gorham B. Munson）批评摩尔作为编辑缺少"公正、自由的判断力"[1]。在与唐纳德·霍尔（Donald Hall）的访谈中，摩尔也谈到了哈特·克莱恩（Hart Crane）就编辑问题和她发生的争执，哈特抱怨摩尔武断，擅自修改自己的诗歌标题。[2] 还有人认为在摩尔担任编辑期间，《日晷》杂志的风格趋于保守而非进步，摩尔的诗歌评论缺乏张力和有效性。

从事编辑的四年，摩尔的创作基本停止，不过，随着她与诗歌界的交往逐渐深入，她受到的关注也日益增多，逐渐成为现代诗群的精神领袖之一。1929年之后，摩尔重新回归写作。1933年，她和母亲从格林威治村搬到了哥哥在布鲁克林海军基地的公寓，并在那里一直住到1966年。

1935年，摩尔的《诗选》（*Selected Poems*）在美国麦克米伦出版社和英国费伯与费伯出版社出版，这本诗集再次修订了《诗集》和《观察》中的部分诗歌，也收录了后来发表的部分诗歌。艾略特为这本书

---

[1] Gregory, Elizabeth. "Introduction." In *The Critical Response to Marianne Moore*, ed. Gregory, Elizabeth. Westport: Praeger Publishers, 2002. p. 6.

[2] "Marianne Moore, The Art of Poetry." Interviewed by Hall, Donald. *Paris Review* (Summer-Fall 1961). http://www.theparisreview.org/interviews/4637/the-art-of-poetry-no-4-marianne-moore.

撰写了序言，再加上出版社的商业宣传，这本诗集的发行量很大。艾略特在序言中称赞摩尔是在世最伟大的诗人，他分析了摩尔诗歌的情感特征、主题和形式特征，精准概括了摩尔诗歌的主要成就，就评论界围绕摩尔诗歌进行的争议做出了肯定性回答。[1] 这本诗集也受到了布莱克默（R. P. Blackmur）、肯尼斯·伯克（Kenneth Burke）、兰瑟姆（John Crowe Ransom）和克林斯·布鲁克斯（Cleanth Brooks）等评论家的关注，推进了摩尔诗歌在普通读者中的接受度。摩尔的研究者舒尔曼（Grace Schulman）认为，这些评论家对摩尔的关注有正面作用，也有负面意义，他们固化了对摩尔诗歌的某些定义，导致了读者对摩尔诗歌的误读。比如，舒尔曼认为布莱克默对摩尔"音节诗"的定义，使得后来的评论家常常将关注点放在音节数，将诗行印刷排版的外观置于声音的节奏形式之上，使读者偏离了对更重要的形式问题的关注，哪怕摩尔后来的创作中降低了音节因素，也无法扭转成见。[2]

---

[1] Eliot, T. S. "Introduction to Selected Poems By Marianne Moore." In *The Critical Response to Marianne Moore*, ed. Gregory, Elizabeth. Westport: Praeger Publishers, 2002. p. 106.

[2] Schulman, Grace. *Marianne Moore: The Poetry of Engagement*. Urbana & Chicago: University of Illinois Press. 1986. p. 3.

此后的几十年间,摩尔间隔性地出版诗集,先后出版了《穿山甲及其他的诗》(The Pangolin and Other Verse,1936)、《何谓岁月》(What Are Years,1941)、《然而》(Nevertheless,1944)等小册子。1951年,摩尔将这些小册子合为《选集》(Collected Poems)出版,这本诗集帮助摩尔赢得了普利策诗歌奖、国家图书奖和博林根奖。20世纪40年代中期摩尔开始翻译《拉封丹寓言》(The Fables of La Fontaine),这本书耗费了她大量精力,出版过程却几经周折,直到1954年才得以出版。她之后又出版了《像一座堡垒》(Like a Bulwark,1956)、《哦,愿化身为龙》(O to Be a Dragon,1959)、《告诉我,告诉我:花岗岩和钢铁及其他主题》(Tell Me, Tell Me, Granite, Steel, and Other Topics,1966)等作品。

1948年,《文学评论季刊》举办了"玛丽安·摩尔专题研究",史蒂文斯、毕肖普、兰瑟姆和路易丝·博根(Louise Bogan)等人对摩尔进行了赞赏性评论。摩尔先后赢得了其他一些重要奖项,比如1940年的雪莱纪念奖、1944年的哈里特·门罗诗歌奖、1945年的古根海姆奖金、1946年获得美国艺术文学学会以及国家艺术文学所的联合资助。

摩尔不定期受邀到大学讲授创作课程或朗读诗

歌，包括布林莫尔学院、瓦萨学院、加州大学、哈佛大学等。1949年，她被威尔逊学院授予文学博士学位，这是一长串荣誉学位的开端。

晚年的摩尔逐渐成为一个社会名流似的人物，频频出现在一些时尚刊物或社会活动上。《纽约客》《纽约周刊》等报刊时常发表她的报道，她的作品甚至出现在《服饰与美容》和《时尚芭莎》等杂志上；福特汽车公司邀请她为一款新型轿车命名，虽然最终没有采纳她的建议；1968年，摩尔在洋基体育场为棒球比赛开球。她对于生活的热情和好奇不曾随着年老而消减。

追溯摩尔的诗歌创作史是一件较为困难的事，在漫长的写作生涯中，她一直在修订自己的诗歌，最突出的例子是《诗》，这首诗曾一度被修订为只剩下三行，后来又恢复了长度。在不同阶段，摩尔修订的方向不同，她会强化音节特征或者减弱音节特征，会改变诗行断句方式，删减词语，从而改变节奏。不过摩尔的诗歌风格在《观察》《诗选》和《选集》三本诗集中已臻于成熟。她的研究者玛格丽特·霍莉（Margaret Holley）将她的诗歌创作生涯细分为八个阶段：1907—1913年，主要在布林莫尔学院杂志发表诗歌；1915—1917年，她和母亲居住卡莱尔时期创作的诗歌；1918—1924 年，创作或修订《观察》中的诗歌；1932—1936 年，创作或修订《诗选》中的诗作；20 世纪 40 年代早期，创作抒情诗；1946—1956 年翻译拉封丹时创作的诗作；1956—1966 年，在布鲁克林居住期间创作的诗歌；1966—1970 年，去世前创作的诗歌。[1]

与摩尔同时代的许多诗人离开了美国，如 H. D.、艾略特、庞德等，他们不满足于美国的诗歌创作氛围，前往欧洲，寻求更有益的诗歌创作环境。但摩尔坚持留在美国，和史蒂文斯、威廉斯等人一起开拓美国现代诗歌传统。摩尔明白留在美国本土写作的困难，但她也理解美国文化的特质和优势。在《英格兰》一诗中，摩尔将美国与几个主要欧洲国家比较，突出了美国实用主义的朴实传统，强调其粗糙的文化外观下包含着可能性和精神力量：

……美国，
　它的南方有微弱而古老的摇摇欲坠的维多利亚传统，

---

[1] Holley, Margaret. *The Poetry of Marianne Moore: A Study in Voice and Value*. Cambridge: Cambridge University Press, 2009. p. X.

它的北方街道上缭绕着雪茄的烟雾;

没有校对者,没有蚕,没有胡扯;

它是野蛮人的土地;没有草,没有沙丘,没有语言的国度,它的文字不是

西班牙语,不是希腊语,不是拉丁语,不是速写,

而是朴素的美国式的,猫和狗都能读懂! ①

南方维多利亚传统与北方粗犷雪茄烟雾中罗列的是一系列否定,摩尔的这种否定,如同一个雕刻家挖除雕刻材质上多余的部分:校对者、蚕、胡扯、语言等物件代表文化的过度装饰或过于精深,美国文化尚不具备这些品质,它的特点是文字和口语同一,准确、明晰、简洁,不会产生歧义,猫和狗都可以理解,摩尔暗示了这种语言对于诗歌创作的正向意义。此外,这首诗歌中运用的剥除式的、贴近事物本源的刻画方法,正是摩尔擅长的还原手法。

庞德曾在信中询问摩尔创作的影响源,摩尔只承

---

① Moore, Marianne. "England." In *Observations*. New York: The Dial Press, 1924. p. 55.

认克雷格·戈登（Craig Gordon）、布莱克（William Blake）、托马斯·哈代（Thomas Hardy）等几位作家对她的影响，在庞德的提示下，她的阅读范围慢慢拓展[①]。后来在她的书信和随笔中，她提到的作家越来越多，培根（Francis Bacon）、康拉德（Joseph Conrade）、班扬（John Bunyan）、萧伯纳（George Bernard Shaw）、托马斯·布朗（Thomas Browne）、哈德逊（W. H. Hudson）等都是她关注的作家，在诗歌中她有时直接与引发她兴趣的作家进行对话。在美国本土作家中，她最推崇的是亨利·詹姆斯，她在大学时代和佩吉·詹姆斯的交往，使她与这个著名的美国家庭有机会往来。

布鲁姆在评论摩尔的诗歌时分析了摩尔的诗歌渊源。他认为摩尔的美国诗歌前辈不是艾米莉·狄金森（Emily Dickinson）和瓦尔特·惠特曼（Walt Whitman），而是稍弱一些的斯蒂芬·克莱恩（Stephen Crane），他的诗歌在摩尔早期的诗歌中回荡，同时摩尔更隐晦地模仿了爱伦·坡（Edgar Allan Poe），而她的英国诗歌之父可能是哈代，从哈代那里她学习了在

[①] Bazin, Victoria. *Marianne Moore and the Cultures of Modernity*. Farnham: Ashgate Publishing Limited, 2010. p. 31.

诗歌中如何控制不协调的东西，她的诗歌也近似于哈代带有《圣经》风格的、讽刺意味的世俗化诗歌。①也有评论家辨识出摩尔诗歌与文艺复兴时期或者17世纪文学传统的关联，比如霍莉在分析摩尔的象征模式时指出了乔治·赫伯特（George Herbert）对摩尔的影响。②

然而，对摩尔诗歌产生决定性影响的或许是她自己所说的个性因素。摩尔始终认为，将写作定为自己的人生目标是一种冒险，她在信中对母亲说："我不懂我为何如此迷恋写作。我知道这不是因为人们说了多么美好的事情，也不是因为写作这件事本身——我并不能表达我自己。"③因为迷恋写作，又因为"自我表达"的困难，她特别咬文嚼字，也愿意"屈从于"别人的写作成就。在带有实用主义风格的美国文化氛围中，摩尔诚恳地发展自己的诗艺，根据有用性选择她的生物主题、细节，将各式各样的典故和文字碎片

---

① Bloom, Harold. "Introduction." In *Marianne Moore: Modern Critical Views*, ed. Bloom, Harold. New York: Chelsea House Publishers, 1987. p. 1.

② Holley, Margaret. "Art as Exact perception." In *The Critical Response to Marianne Moore*, ed. Gregory, Elizabeth. Westport: Praeger Publishers, 2003. p. 89.

③ Holley, Margaret. *The Poetry of Marianne Moore: A Study in Voice and Value*. Cambridge: Cambridge University Press, 2009. p. 3.

运用拼贴、注解等方法引入她的诗歌；她展开想象，但更注重写实；她坦然地将其他作家对她的影响痕迹保留在诗歌中，由此创造了独特的个人风格。读者和评论家为了她古怪的个人风格争议不断，但对摩尔而言，这种风格只是基于一种朴实的写作态度。

摩尔貌似温驯，瘦小的身材、赤褐色的柔软头发和明亮的肤色使她如同她诗歌中的那些动物一样，对这个世界无害，可是在这种温驯的外表下掩藏着深沉的情感和不可动摇的决心。[1] 在关于摩尔的诗歌评论中，总有人提到她的外表和令人过目难忘的发色，摩尔抵触异性刻意关注她的容貌，认为外表与诗歌并无直接关联，不过她本人对外在形象非常在意。毕肖普在自己的文章中描写了摩尔对于服饰的在意，她去拜访时常常看到摩尔和母亲在从事服装改造工程，将朋友赠送的衣物改造成自己喜欢的样式。这种对外形的在意既遵循了老式的淑女准则，包含着明显的自我约束，也有展示个性的内在动机。

随着年岁渐长，摩尔将自己的形象定格在黑色斗篷和三角帽。她说，三角帽既可掩饰她头部的缺陷，

---

[1] Martin, Taffy. *Marianne Moore: Subversive Modernist*. Austin: University of Texas Press, 1986. p. 11—13.

又像一只跳动的蟾蜍——她对蟾蜍的喜爱，体现在《诗》中她化用其他诗人的名言："跳跃着真实蟾蜍的想象花园"[1]。她的这一形象和她的诗歌一样，卓尔不群。作家罗伯特·麦克尔蒙（Robert McAlmon）在自己的小说中称她是一个古怪的理念而不是一个真正的人。[2] 年轻的普拉斯（Sylvia Plath）在1955年见到摩尔之后，对摩尔的母亲说，摩尔令她想起"童话中某个易容的教母"。[3] 摩尔对自己的定义更为抽象，她说，"我只是一声快乐的咳嗽"[4]，"我写的东西之所以被称为诗，是因为无法将它们归于其他类别。"[5] 这种幽默的自我调侃显示了摩尔面对这个世界的乐观、自信，为女诗人树立了一个正面楷模。

生命的最后几年，疾病缠绕着摩尔，但她仍然乐

---

[1] Moore, Marianne. "Poetry." In *Observations*. New York: The Dial Press, 1924. p. 31.
[2] Martin, Taffy. *Marianne Moore: Subversive Modernist*. Austin: University of Texas Press, 1986. p. 12.
[3] Kramer, Hilton. "Freezing the Blood and Making One Laugh." In *The Critical Response to Marianne Moore*, ed. Gregory, Elizabeth. Westport: Praeger Publishers, 2003. p. 230.
[4] "Marianne Moore". https://www.poetryfoundation.org/poets/marianne-moore.
[5] Moore, Marianne. "Subject, Predicate, Object." In *The Complete Prose of Marianne Moore*, ed. Willis, Patricia C. New York: Viking Penguin Inc.,1987. p. 504.

于与世界保持联系,她每天收到近五十封邮件,也尽可能回复这些邮件。1972年2月5日,八十五岁的摩尔去世,《纽约时报》头版配她的两张照片发布了讣告。

尖塔修理工[1]

丢勒[2] 肯定发现了生活在

  这样一个小镇的理由，可以看到八条

搁浅的鲸鱼；晴天，涌入房间的

新鲜海洋空气，来自雕刻着

  鱼鳞似波浪的

水面。

海鸥三三两两，绕着

  镇上的钟楼盘旋，

或者在灯塔附近滑翔，翅膀一动不动——

---

[1] 本书选译的诗歌包含了摩尔诗集《观察》(*Observations*)的全部诗歌和《诗全集》(*The Complete Poems of Marianne Moore*)中的部分诗歌。由于摩尔终生都在修订自己的作品，同一首诗在不同选本中有不同的版本，译者为了保证本书版本的一致性，除特别标注外，凡在她的全集中收录了的诗歌均遵从该版本，全集中未收录的作品均遵从《观察》的版本。

[2] 丢勒（Albrecht Dürer，1471—1528），德国画家，以版画最具影响力。

身体微微颤抖,

  平稳地升起——或者,只是聚集着
咪咪叫唤,

大海孔雀颈羽似的紫

  逐渐变淡,变成泛绿的蔚蓝,如同丢勒
将特里尔的松绿变成孔雀蓝和珍珠鸡似的
灰。你能看见一只二十五磅①重的

  龙虾;以及正在晾晒的
鱼网。

风暴喧嚣的锣鼓吹弯了盐沼地的

  草,弄乱了天空的星和尖塔上的
星;看见这么多混乱
是一种荣幸。对立

  成就了美,雾
留恋

海边的花和树,让你直接

  拥有了热带:喇叭藤,

---

① 1磅约合453.6克。

酒壶花,高大的金鱼草,长满斑点和斜纹的
蛾蝶花;牵牛,葫芦,
　　或者后门外与钓鱼绳纠缠的
月藤;

狼尾草,菖蒲,蓝莓,紫露,
　　斑纹草,青苔,向日葵,紫苑和雏菊——
黄色的蟹爪,如衣衫褴褛的海员,佩戴着绿色的
　　花蕾——毒菌,
矮牵牛,蕨;粉色的百合,蓝色的
　　老虎花;罂粟;黑豌豆。
这里的气候

不适宜榕树,鸡蛋花,或
　　菠萝蜜;也不适宜
外来的蛇。你看见的,只是环蜥蜴和它蜕下
　　的皮;
这里人们依靠猫,而不是眼镜蛇
　　来捕捉老鼠。这里
生活着

胆怯的小蝾螈,黑色的飘带上妆点着

白色小圆点；没有什么
能被野心收买或带走。名叫安伯罗斯的大学生
抱着他的外文书，戴着帽子，
　　坐在山坡上，
欣赏航船

在海上划破白色的巨浪，仿佛行驶在
　　一条沟渠中。他喜欢
并非源于虚饰的优雅，深知木板叠构而成
糖碗形的
　　古式凉亭和教堂
尖顶

并不可靠，一个穿红色衣服的男人
　　用一根绳子挂在上面，就像一只吐丝的
　　　蜘蛛；
他也许是一篇小说中的人物，但人行道上
一幅白底黑字的告示写着：C. J. 普勒，
　　尖塔修理工；一幅白底红字的告示
写着：

危险。教堂的门廊有四根长笛似的

　　　　柱子，每根都嵌在一块独立的基石中，已
　　　　　被水
洗白，模样更拙朴。这里为流浪汉，孩子，动
　　物，囚犯
以及通过遗忘
　　　　报复了心怀鬼胎的参议员的
总统

提供了一个合适的避风港。镇上
　　　有一所学校，一个设在百货店的
邮局，渔房，鸡场，木制的三桅
大帆船。英雄，学生，
　　　尖塔修理工，每个人都走在回家的
路上。

居住在这样一个小镇，
　　　这样一群朴素的人中，不可能有危险，
他们有一个尖塔修理工，在教堂边摆出危险
　　告示，
他正在给塔顶的星星
　　　　镀金，这星星在尖塔上
代表希望。

英　雄

我们前往个人喜爱之地。
　　那里的土地是酸性的；有
　　高高的野豆茎，
　　注射器似的蛇牙，或者
　　携带"恐吓之声"的风，
　　来自虽被忽视，却装点着
　　准宝石似的猫头鹰猫眼的紫衫——
无论是醒来还是睡去，"竖起的耳朵延伸至精致
　　的末梢"，
诸如此类——爱不会生长。

我们不喜欢某些事物，英雄
　　也是；偏斜的墓碑
　　与不确定性；
　　前往不想去的
　　地方；痛，却无法

言说；站着，听辨某物

藏身之地。英雄缩小为

被缚住翅膀飞出的某种生物，有黄色的

对眼——来回转动——

发出颤动的水哨声，高低

鸣啭，用假低音咕咕，

令人汗毛直立。

雅各临死前，问

约瑟[①]：这些人是谁？并祝福了

两个儿子，小的最多，惹怒了约瑟。而

约瑟也令某些人恼怒。

辛辛纳图斯[②]如此；雷古鲁斯[③]如此；我们的一些

同胞，

虽然虔诚，也曾如此，

就像朝圣者必须缓缓前行

寻找他的经卷；疲倦而又充满希望——

[①] 雅各去世这段故事，见《圣经·旧约·创世记》第49章。
[②] 辛辛纳图斯（Cincinnatus，约前519—前438），古罗马政治家，军事统领。
[③] 雷古鲁斯（Regulus，约前307—前250），古罗马政治家，军事统领。

希望不成其希望,

除非希望的所有基点

消失;心怀仁慈,以

母亲——一个女人或一只猫——

的情怀去看待

同类的错误。这位穿长礼服的体面黑人

站在墓室边

回答大胆的观光客,

　　后者正在询问和她同行的男人,这是什么,

　　那是什么,玛莎①葬于

　　何处,"华盛顿将军

　　葬在那边;他的夫人,葬在这边";用戏剧中的

　　腔调作答——并不看她;带着

　　人类的尊严感

和对神秘的敬畏,站立如柳树的

影子。

摩西不会是法老之孙。

---

① 玛莎·华盛顿(Martha Washington,1731—1802),第一任美国总统华盛顿的夫人。

我吃下的不是

　　天然的食物,

　　英雄说。他出门不是为了

　　观光,而是为了去看

　　岩石水晶似的事物——令人震惊的埃尔·格

　　　列柯①

　　散发内在的光芒——

一无所求,随顺自然。这个人,你或许可称为

英雄。

---

① 埃尔·格列柯(El Greco,1541—1614),西班牙画家,雕塑家。

跳 鼠

过 剩

一个罗马人命令一个
艺术家,一个自由民,
　设计一个锥体——松果形
　或杉果形——有为喷泉而备的洞眼。置于
　　圣安杰罗监狱堂,庞培家族的
　　锥体,现在以教皇之物

而闻名,被误认为
艺术。一尊巨大的铸造
　青铜,使梵蒂冈花园中的
　孔雀雕像变矮,
　　看上去就像
　　送给某个庞培或底比斯居民的

艺术品。其他人能
建造，并懂得
　制作巨像，
　　役使奴隶，饲养鳄鱼，
　　　将狒狒放在长颈鹿的脖子上采摘
　　　果实，施展驯蛇的魔法。

他们让仆从拴着
河马，
　　放出有斑点的狗——
　　猫追逐羚羊，犬羚和野山羊；
　　　或者利用小鹰。他们视为己有的，
　　　是黑斑羚，野驴，

野生的鸵鸟群——
坚硬的脚和鸟颈，
　　在尘土中
　　后退，就像一条准备进攻的蛇，还有鹤，
　　　猫鼬，鹳，小野牛，尼罗河鹅；
　　　为它们建造的花园——

联结了平地和林荫大道的

枣树，酸橙，

 和石榴——以及

 生长着粉色花，驯化的鱼和小青蛙的方形池。

  除了

  染成靛蓝的纱线，红棉线之外，

  还有一种亚麻，被编织成

精致的
亚麻绳，供给游艇驾驶员。

 他们喜欢小东西；

 有时送给男孩成对的小玩意儿，例如

  有蛋的鸟窝，埃及蠓和蛇，桨

  和筏，獾和骆驼；

为自己制作
玩具：高贵的图腾；

 标示出内容的

 化妆盒。王公和贵妇将鹅油脂

  放进圆形骨盒——旋转盖上

  雕刻着鸭翅，

或者可以拧回原状的

鸭头；角粉放进一只雄鹿角
　或犀牛角；
　蝗虫油放进石蝗虫。
　　这是一幅有精确距离的图画；
　　描绘了干旱，尼罗河

缓缓上涨及时提供的
助力，板手上的
　猪尾猴，
　悠然垂挂的拱形回纹花蔓，棕色的
　　花花公子看着茉莉长满对叶的嫩枝
　　和花蕾，仙人掌和无花果。

散布各处的侏儒，增添了
一种明显的
　诗性，他们呈青蛙灰，
　鸭蛋绿，茄子蓝，一种幻想
　　和逼真，对于那些
　　在各处以权势压制穷人的人而言

是恰当的。
蜜蜂的食物即是你的

食物。那些照料花床
和马厩的人就像制成手形的
　　国王手杖，或者为他亲爱的母亲
　　建造的

折叠式卧室。王子们
穿着王后的服饰，
　　马蒂莲或白色
　　矮牵牛，在衣襟上颤抖，王后穿着
　　国王的衬裙，精致的斜织线如
　　蚕肠，就像养蜂人和挤奶女工

饲养神圣的牛
和蜜蜂；石灰岩眉毛，
　　金箔翅膀。他们制作
　　玄武岩蛇和甲虫肖像；国王
　　将自己的名字赐予它们，也因它们
　　而得名。他害怕蛇，驯服

法老之鼠，背部锈色的
猫鼬。没有建造它的
　　半身像，但有属于老鼠的
　　愉悦。它的不安

是它的卓越之处；它因机智而受到赞美；
跳鼠，和它一样，

一只小巧的沙漠之鼠，
寂寂无名，不以水
　为生，极为
　自在。外出觅食，或宅在
　　洞穴中，撒哈拉地鼠
　　拥有一栋闪亮的银色

沙房子。哦宁静
而欢愉，无垠的沙，
　惊人的沙尘暴，
　没有水，没有棕榈，没有象牙床，
　　小仙人掌；唯有他
　　一无所有却无比充盈。

丰　富

阿弗里卡纳斯[①] 意指

---

① 阿弗里卡纳斯（Africanus），本意为"征服非洲的"，即大西庇阿（Scipio Africanus，前236—前184），古罗马统帅和政治家，入侵北非，打败了迦太基统帅汉尼拔。

罗马派遣的

　　征服者。它代表

　　　未被触及的：沙褐色的跳鼠——生而自由；以及

　　　　黑人，一个优等种族，拥有

　　　　因人的无知而被忽视的优雅。

部分属于陆地，
部分属于天空，

　　雅各见过，爪子似的手

　　　握着棍棒——空中的步履和空中的天使；他的

　　　　朋友是石头。沙漠半透明的

　　　　错误，并没有为一个

本可休息，却要
反向行之的动物

　　制造助力——起跳，

　　　仿佛生了翅膀，借助火柴般细瘦的后腿，在

　　　　白天或黑夜；尾巴作为一种重负，

　　　　因速度而笔直伸展。

在日光下能看见
胸膛的白，

虽然背上的毛
是浅棕色,就像园丁鸟浅褐色的胸膛,
  也像胸膛是浅褐色的动物那样跳跃,却有
  花栗鼠的轮廓——在它

转过鸟类的头时被注意到——
绒毛整齐划一地
  向后,与
  反复强调细长身体的耳朵
   交融。尾部的细毛,
   重复了另一种苍白的

标记,延伸至
末梢,变成蓬松的
  一簇——有黑白
  两色;被简化的生物奇异的细节,
   是鱼形的,被巨大的沙漠月亮之力
   锑镀成银白的钢。追逐

跳鼠,或
掠夺它的食物储备,
  你会受到诅咒。它

沿袭沙的颜色,以示对沙的尊崇;
　收拢的前掌,好似与毛皮一体,
　在它逃离危险时。

五等分和七等分,
两种长度的跳跃,
　就像贝都因长笛
　不对称的音符,它停止用小脚轮
　　捡拾落穗,以袋鼠的速度
　　留下蕨类种子似的脚印。

它的跳跃适合
六孔竖笛;
　柱子似的身体直立在
　移动流畅的齐彭代尔①
　　三角爪上——用后腿支撑,尾巴作为第三个
　　　脚趾,
　　在前往洞穴的跳跃之间。

---

① 齐彭代尔(Thomas Chippendale,1718—1779),18世纪英国最杰出的家具设计师和制作家,他设计的椅子脚常有球爪、回纹装饰。

没有天鹅这般精致

"没有水如同凡尔赛宫
　干枯的喷泉这般平静。"没有天鹅,
带着阴郁盲目的斜视
和威尼斯船夫似的腿,如同
　这只彩瓷天鹅这般精致,它有
浅棕色的眼睛和象征主人身份的
锯齿状金项圈。

被安置于路易十五
　装饰着鸡冠状按钮,
大丽花,海胆,以及蜡菊
的枝状大烛台上,
　它栖息在斜逸而出的
雕刻精美的
花的泡沫中——优雅,高大。而国王已死去。

双冠蜥

在哥斯达黎加

耀眼的浮木中
　绿色在同一处闪现；
如火蛋白石间歇地闪耀蓝和绿。
　在哥斯达黎加有真正的
中国蜥蜴面孔，水陆两栖，降落的龙，生动的
　焰火。

他跳跃，在溪水中
　遭遇他的同类，国王与国王，
借助背上三簇羽毛，用两条腿奔跑，
　尾巴拖曳着；在空中失力；然后一跃
潜入溪床，如酋长，黄金的身体

藏进瓜塔维塔湖。

奔跑,飞翔,游动,抵达
他的殿堂——"江河湖海的统治者,
　消隐或现身,"让云
听令行事——可以"或长或短,或粗糙或精致,
　随心所欲。"

马来龙

我们有我们的;他们
　有他们的。我们的有皮羽冠;
他们的有从腰部长出的鼻烟褐色或灰黄色的
　翅膀。
　我们的从树上落水;他们的是最小的
龙,懂得头朝下从树梢潜入干燥之物。

肋骨摊平漂浮,
　船一样的身体栖息在
肉豆蔻树伸出的蛤壳色枝条上——拖曳的小腿
　半交叉——马来真正的
神。在无香味的兰花之间,在无营养的

坚果树上,肉

豆蔻①，这无害的神摊开肋骨，
并不抬起一片头冠。这是东方特有的
　蛇鸽；像蝴蝶或蝙蝠那样生活，
有一窝，覆翼于它抓握的事物之上，如气生
　植物。

大蜥蜴

别处，海蜥蜴——
　聚集，以致无处
落脚，尾巴纵横交错，短吻鳄的样子，
　鸟儿在其中溜进溜出——他们的邻居对此
一无所知。鸟类爬行动物的社交活动颇为愉悦，
　大蜥蜴

能容忍
　一只海燕在它的洞穴中，产十只
或九只蛋——这是龙下蛋的数量，因为"龙生
　九子"。这种皱褶蜥蜴，这种没有腿，
却有三只角的变色龙，是不严肃的，一不留神，

---

① 原文为拉丁文：myristica fragrans，肉豆蔻的学名。

它就逃走了。在
　哥本哈根交易所主门上，
有两对龙覆盖屋顶，头
　朝下——被建筑师倒置——四条
绿色的尾巴直立，象征四重安全。

在哥斯达黎加

你看，人心果树
　摇落果实的溪水上，如我曾说过的，
有世上最迅捷的蜥蜴之———
　双冠蜥——以叶子和浆果为食，享受
棕榈藤，蕨和草胡椒的阴凉；有时躺在一根

水平的枝条上晒太阳，
　酸草和兰花正在抽芽。如果
受困，他就离开，击打水面，奔跑——对
　手指状的脚是一件难事。被捉住时——
变得僵硬，有点沉重，像手上新鲜的油灰——他不
　再是

轻盈的蜥蜴,
   能站立成一个向后缩小,扁平的
S——而是细长僵直的蛇,或者弓起身,
   以一座狐狸桥跨过灌木。藤蔓托住
他固定在丝绸上模糊身影的重量。

如同一支中国的毛笔,将八条
绿色的条纹画在
   尾部——如同钢琴被横跨白键的
五道黑键分隔。错误礼仪的
   高八度藏起这非凡的蜥蜴,
直到夜晚降临。对人而言,双冠蜥的外表就有杀
   伤力,但

对蜥蜴而言,人才有
   杀伤力,受欢迎的黑——伴随急速低沉的
军鼓,风笛和蝙蝠的
   尖叫。空洞呼啸的猴子音符扰乱
响板。弓背上的轻叩,声音怪异,在去年的葫
   芦上,

或者,当它们触及

定音鼓——那儿（因为没有光），
一只受惊的青蛙，像鸟一样尖叫，从藏身的野草
　　跳出，划下陨石的弧线，
　　宽大的水螅游动，
在急促拉扯中，表达了
一种帝王般卓越的笨拙，

　　双冠蜥描绘
神话的愿景，
想成为可互换的人和鱼——

迅速向上爬行，
蜘蛛爪似的手指可拨响
竖琴的低音弦，步法
如倾诉，取道，
归隐于弦上，
颤动，直到爪子摊平。

　　在绷紧的线中，
微弱的噪声膨胀，
变化，如同在森林声响的壳下，

它们会以树作为隐身的钢铁之途,

如同黑色猫眼石中的猫眼石——
史文朋① 散文中所谓的音阶,
无声的音乐,环绕蛇,在它蠕动或跳跃时。

没有无名的
  夜莺在沼泽中歌唱,以
豪猪刺似的棕榈树发出的
  雨的沙沙声为食。这是我们的伦敦塔
宝石,在羽毛斗篷,鹰头娥

和黑下巴的蜂鸟之间,
  西班牙人对之视而不见;天真,稀少,
守护金子的龙,你看着它变成小足上
  一把紧张、赤裸的剑,
剑柄上有三重分离的火焰,栖居的

  火正在吞噬空气。由此

----

① 史文朋(Algernon Charles Swinburne,1837—1909),英国诗人、剧作家、小说家和批评家。

在发出磷光的短吻鳄中筑窝,复制
　　每种形式的脱轨,他气喘吁吁地安顿下来——头
朝上,眼睛黑如受干扰的鸟眼,带着被激怒的
　　表情,

却只是
　　喘息着,畏惧那只手。
以为自己隐藏在未被发现的玉斧头,
　　银色美洲虎,蝙蝠,紫水晶,磨亮的
铁,十吨链条中的黄金,和鸽蛋大小的珍珠
　　之间,

他生活在那里,
　　在生动的绿之下,
他的双冠蜥茧中;他变化莫测的凶猛
　　平息于落入叶鞘的窸窣声中,
这突如其来惊人的溅水声,标志他暂时的迷失。

军舰鸟

疾飞或停在空中,有一只鸟
　　实现了汝阿斯拉斯朋友[①]的
　　翅膀创意,融灵巧与力量于一体。这
　　　地狱潜行者,军舰似的鸟,飓风似的
鸟;唯有迅捷一词
　　　适合他,贴近波浪低飞时,
　　风暴的预兆,应被看成
　　　猎鱼的姿态,然而
　　　他更喜欢

展开翅膀,掠食其他勤劳而笨拙的鸟
　　捕获的鱼,且很少失手。

[①] 汝阿斯拉斯(Rasselas),是英国文学家塞缪尔·约翰逊(Samuel Johnson,1709—1784)撰写的《汝阿斯拉斯传》(*The History of Rasselas*,1759)一书中的人物,汝阿斯拉斯的朋友"艺术家"发明了一种人造翅膀。

一种优雅的奇迹,无论他的受害者
　　飞得多快,转向
多么频繁。其他军舰鸟以同样的悠闲,
　　再次缓缓升起,
　　　　绕着圈子
　　飞行,停下,

突然向后,随风改变他们的方向——
　　不像神话中那只可靠的天鹅①,能负载
　　伐木匠的两个孩子回家。未雨绸缪;自力
　　　　更生;自食其力;都是
不够灵活的动物的格言。这只
　　用树枝代替天鹅绒毛,
　　为他的孩子筑巢的鸟,不会分辨
　　　　格蕾特与汉赛尔。
　　　　如充满激情的汉德尔②——

---

① 这里指的是格林童话《汉赛尔与格蕾特》中的天鹅。在故事中,伐木匠的两个孩子汉赛尔与格蕾特迷路了,一只好心的天鹅载着他们飞回家。
② 汉德尔(George Frideric Handel, 1685—1759),出生于德国的音乐家,违背父亲的意旨,拒绝做一名律师,偷偷学习音乐,后来加入了英国国籍。一生致力于音乐,拒绝感情的牵绊。

本该做一名律师，从事德国男性养家糊口的
　职业——却偷学了大键琴，
　据说从未堕入爱河，
　　特立独行的军舰鸟隐藏在
高空，展示
　恢弘的技艺。他滑翔
　一百英尺①，或者振翅，
　　如同纸的灰烬——全是
　　假动作；一只机警的
鹰……欲速则不达。文雅地
　放荡？如何做到？"率性
　而为，听天
　　由命。"我们看着月亮
升起在萨斯奎哈那河②上。这最浪漫的鸟，
　却无视月亮，用他自己的方式，
飞到更为寻常之地，
　　在红树林沼泽栖身。
　　但他，和其他军舰鸟，很快

---

① 1 英尺约合 30.48 厘米。
② 萨斯奎哈那河（Susqeuhanna），美国东北部的一条河，流经摩尔早年生活的宾夕法尼亚州卡莱尔市。

又从树枝上飞起,即便在飞行中,也能避免

 令人疲惫的危险时刻,沉甸甸地

 压在胸口的大蟒,可将一切碎为齑粉。

水　牛

　　　在纹章学中黑意指
审慎；霉，意指不祥。
赤铁矿——
　野牛黑色的，紧凑内弯的角，
　　有意义吗？
　烟褐色的尾簇
　　　在狮子似的

　尾巴上；这又表达什么？
约翰·斯图尔特·柯里[①]的阿贾克斯[②]
在拔草——鼻中
　没有鼻环——两只鸟站在背上？

[①]　约翰·斯图尔特·柯里（John Steuart Curry，1897—1946），美国画家。
[②]　阿贾克斯（Ajax），希腊神话人物。这里指画家柯里画作中的一头牛，牛背上停歇着两只鸟。

. . . . . .
　　现代
公牛和奥格斯堡的公牛肖像①
不同。是的,
　　灭绝的大型欧洲野牛是画像中的
　　　一头野兽,有条纹
　和六英尺长的角——缩小,
　　　变成暹罗猫似的

　　瑞士褐牛的尺寸或瘤牛的
形状,有白色绒毛覆盖的垂肉和温血的
驼峰;变成
　红皮肤的赫里福牛或花斑奶牛。然而
　　　有人会说毛发稀疏的
水牛最符合
　　　人的概念——

　　和大象不同,
珠宝和珠宝商都在后者披挂的

---

① 奥格斯堡(Augsburg),德国中南部城市,城中一位商人收藏了一幅欧洲野牛(Aurochs)的肖像,英国艺术家查尔斯·汉密尔顿·史密斯(Charles Hamilton Smith,1776—1859)临摹了这幅画作。

毛发中——
  不是白鼻子的佛蒙特公牛与它的孪生子,套着轭
    在齐膝深的
  雪中
          拉运枫糖;不是罗兰森①所画

      被过度驱遣的
  奇特公牛,而是印度水牛,
  白化
    足,站在一片泥湖中,即将开始
      一日的劳作。不是白种
    基督教异教徒,被
        佛陀降伏,

    如水牛一样,如此周到地
  服伺他——精力充沛,仿佛有缰绳
  控制——自由的脖子
    前伸,蛇尾半扭曲
      在身侧;不会如此
    欢喜地帮助

---

① 罗兰森(Thomas Rowlandson,1756—1827),英国画家。

端坐的圣人，

　　双脚放在同一侧，从神殿
下来；也没有
象牙，
　和那两只角一样，当一只老虎
　　咳嗽时，猛地压低，
　将毛皮
　　　变成无害的垃圾。

　　印度水牛，
由赤脚的牧童牵到一间
圈养它的
　　干草棚，无需担心与北美野牛，
　　　与那对孪生公牛构成对比，
　事实上不会与任何公牛祖先
　　　构成对比。

九桃盘

　　如毛桃那样两只一组排列,
保持间距,以便所有的桃可以存活——
　　八只加上单独一只,挂在
　　去年的枝条上——它们就像
一种衍生物;
　　虽然并不罕见,
这种对立——
九只毛桃长在一棵油桃树上。
　　表面没有绒毛,点缀在中国式的
　　　青、蓝或青绿色的
　　　月牙形细叶中,四对

　　半月形叶子组成的拼图
朝向晕染着
　　美国月月红似的太阳,
　　由商业装订用的

缺乏好奇心的画笔
　　涂抹在蜜蜡灰上。
就像玉桃，这红扑扑的
桃，无法起死回生，
　　但及时服用可延缓死亡，
　　　　意大利
　　　　核桃，波斯李，伊斯法罕

　　墙头孑立的油桃，
作为野生的果实
　　最早在中国发现。但它是野生的吗？
　　谨慎的德·坎多尔不会这么说。
在这九只桃组成的象征群中
　　找不到
瑕疵，绿叶之窗上
没有象鼻虫的痕迹。
　　有人描画了这些桃，
　　　　在被多次修补的盘子上，
　　　　或者在同样精致的

　　无角鹿，冰岛马
以及靠着枝叶繁茂，

低矮斜逸的老桃树睡觉的驴子身上。
　这棵树有褐色系灌木花的
颜色。

　　· · · · · ·
　一个中国人"理解
旷野的精神"
　以及爱吃油桃
　外形似矮种马的麒麟——长尾
或无尾,
　矮小,浅棕色,长着普通的
驼毛和羚羊蹄,
这无角的麒麟,
　用彩釉画在瓷面上。
　　是一个中国人
　　构思了这件杰作。

致一只可以获奖的鸟 [1]

你完全适合我；因为你能逗我笑，
不会被谷壳蒙蔽，
    一阵阵风将它们旋转着从干草堆送来。

你懂得思考，并如实说出你的想法，
带着参孙似的骄傲和阴郁的
    决断，无人敢吩咐你闭嘴。

骄傲适合你，这趾高气扬、体型庞大的鸟。
没有谷仓使你显得荒谬；
    你青铜的爪子坚定地对抗失败。

---

[1] 这首诗原标题为"致乔治·萧伯纳"，即爱尔兰剧作家萧伯纳（1856—1950）。

鱼

涉过
黑玉,
 一只鸦蓝色的蚌不断
 适应着灰堆;
  张开又合拢,像

一柄
受伤的扇子。
 藤壶,镶嵌在
 波浪边缘,无处
  可藏,因为太阳的

光轴,
劈开水面,
 如同玻璃纤维,光圈迅速
 射入岩隙——

进进出出，照亮了

这
青绿色的身体
　之海。水推动一根铁楔
　穿透悬崖的
　　铁壁，于是，星星，

粉色的
米粒，泼溅的
　墨汁似的水母，绿百合似的
　螃蟹，以及海底的
　　伞菌，滑过彼此的身体。

所有
外在的
　伤痕呈现于这
　傲慢的大厦——
　　所有意外事故的

体
征——残缺的

飞檐，炸开的沟槽，灼痕
　　与斧迹，全部铭刻
　　　其上；悬崖的边缘是

死亡。
重复的
　　证据已证明，它能活在
　　那无法让它永葆青春的
　　　事物之中。海在里面变老。

在这艰苦奋斗的时代,无动于衷是好的,而……

　"真的,烘烤陶罐
并非神的事务。"在这种时刻
　　他们不会做它。少数神
　　　围绕他们的价值轴心旋转,
仿佛过高的知名度是一个陶罐;

他们不会冒险从事
　卑贱的职业。被磨得光滑的楔子,
　　或许曾劈开过苍穹,
　　　却早已哑默。最后,它将自己抛弃,
落下,授予某个可怜的傻瓜一种特权。

　"一次长达五百年的
交谈比其他所有的事
　　更难以完成,"某个人
　　　绝不可能真实的传奇故事——

比这女巫似的、古怪、拖腔拖调的信任

更好；他的助攻
　　在效果上比猛烈的正面攻击
　　　更可怕。
　　　　权杖，财富，虚假的
　　矛盾态度，最好预备那种武器，自保。

致不朽的治国之道

对你无话可说。守护
你的秘密。将它藏在你坚硬的
　羽衣下,巫师。
　　哦
鸟,其帐篷是"埃及纱质的
凉篷","公正"模糊的之字形铭文——
　倾斜如一名舞者——是否将
　　显现
它曾生机勃勃的主权脉搏?
你说,不,并从石棺中
　转世,你吹动雪,
　　沉默
环绕我们,连同死气沉沉的交谈,
你大步向前,有点摇晃,有点贵妇
　风度。朱鹭①,我们

---

① 朱鹭(Ibis),古埃及的圣鸟,亦为埃及魔法之神托特(Thoth)的动物,托特生有朱鹭头。

未能
在你身上发现美德——活着,却如此沉默。
谨慎行为现在并非
　政客似的理智之和。
　　虽然
它是死去的优雅之化身?
仿佛一个死亡面具能够替代
　生命有瑕疵的卓越!
　　慢慢
评论你王座夸张的、过于精确的
比例,你将看到自杀之梦
　扭曲的变形。
　　去,
蹒跚地走向它,用它的喙,
攻击它自己的身份,直到
　敌人如朋友,朋友亦如
　　敌人。

诗[①]

我也,不喜欢它:有些东西比这种胡言乱语更
　重要。
然而,以十足轻蔑的态度读它,你会发现,
　真诚
在其中终有一席之地。
　　能紧握的手,能
　　瞪大的眼睛,必要时能竖立的
　　　头发,这些东西之所以重要,并非因为

高调的阐释能加诸其上,而是因为它们
　有用;当它们变得歧义丛生,难以理解时,
　　我们会一致认为,我们
　　　不欣赏

[①] 这首诗最初发表后被摩尔不断修订,最后删减成只有三行,这里选用的是这首诗在早期诗集《观察》中的版本。

无法理解的事物：倒挂
　　或正在觅食的

蝙蝠，前进的大象，打滚的野马，一棵树下不知
　疲倦的
　狼，像一匹马感觉到跳蚤时轻轻抽动皮肤的铁
　　石心肠的评论家，
棒球迷，统计学家——
　　歧视"商业文书
　　和教科书"①

是无效的；所有这些都很重要。不过人必须进行
　区分：被末流诗人推崇的，不是诗。
除非，我们之中的诗人成为
　　"想象的
　　写实者"②——克服

---

① 引自托尔斯泰的日记。托尔斯泰说："诗和散文之间的界限在哪里，我向来无法理解。这个问题在风格指南中被提出，而答案我无法知晓。诗歌是韵文；散文不是韵文。否则诗歌就是除了商业文书和教科书之外的任何事物。"
② 引自叶芝的文章《威廉·布莱克及其对〈神曲〉的图解》，叶芝评价布莱克："他观点的局限性来自他想象的强烈程度；他也是一个写实的想象的现实主义者，正如其他人是写实的自然的现实主义者；因为他相信，被心灵之眼看见的形象，会被灵感提升至'永恒的'存在，神圣本质的象征，他仇恨每一种优雅风格，这种优雅也许会遮蔽他们的面部轮廓。"

傲慢与琐屑，呈现

跳跃着真实蟾蜍的想象花园，供人们审视，我们
　才创造了
　诗。同时，如果你既要求
　诗歌的素材
　　保持原味，
　　　又要求它
　　　　真诚，你就对诗产生了兴趣。

咬文嚼字的学究

鲁珀特亲王滴①,托布纸幽灵②,
 白色火炬——"有权带着善意去说
残忍之事,以及爱和眼泪中
  最恼人
   之事,"你招致了毁灭。

你就像沉思的男人
 拥有浅薄的心灵;它
被雕凿的热忱
  前后奔跑,最初像一件嵌花式的,高贵而
   永恒的产品;

随后"被遗忘在

---

① 鲁珀特亲王滴(Prince Rupert's drop),又称荷兰泪(Dutch tears),以莱茵河的鲁珀特亲王之名命名。熔化的玻璃靠重力自然滴入冰水中,形成如同蝌蚪状的玻璃泪滴。这种玻璃有着奇妙的物理特性:泪珠本身和实心玻璃一样,捏捏锤锤都安然无恙。然而,若是抓住其纤细的尾巴、稍微施加一些压力,整颗玻璃泪就会瞬间爆裂四溅、彻底粉碎。
② 用裱糊的白色棉布做成的幽灵形象,一般在万圣节展示。

痛苦中，用拖沓的仪式
哄骗他，"
　　　"漫不经心地完成它的职责，"
　　　　为它所服务的主题

设置一种障碍。屹立在
　你心中的，已经枯萎。一小截
　"棕榈树车出的木头"
　　　将你曾自发产生的核心灌注于它
　　　　永恒的产品中。

批评家与鉴赏家

无意识的挑剔中包含着丰富的
　诗意。某些明代
　　　制品，黄色车轮上的皇室
　地毯，其本身已够好，但我见过更让我喜爱的
　　　事物——让
　　　　　一只缺乏稳定性的动物站稳，这只是
　　　　一种
　　　　　　幼稚的尝试，
　　　　　类似于想让一只小狗
　　　　　　在盘子里吃它的肉。

我记得牛津柳树下的一只天鹅，
　有色如火烈鸟，
　　　状如枫叶的脚。它像一艘战舰那样
　巡航。急于移动的神态中
　　　包含着怀疑与刻意挑剔的

成分。当水流与它作对时，
　　它的果断
最终战胜了它想全面评估
　　那几块食物的

癖好；抢走了我投给它的
　吃食。我见过这只天鹅，
　　我也见过你；我见过各式各样
不可理喻的野心。偶尔站在
　　一座蚁丘边，我见过
　　　一只挑剔的蚂蚁背负一截枯枝，向北，
　　　　向南，
　　　　　向东，向西，最后
　　　凭借自身的力量从花坛爬出，进入
　　　草地，
　　　　回到最初的

起点。接着它放弃了
　这根无用的枯枝，下颚用力咬起
　　一粒沉重的、药丸似的
　　石灰，它再次走过相同的路线。
　　　根据什么

才可断言,其已用一种自我防御的姿态
　控制了水流;
才可证明,其已掌握了携带一截枯枝的
　经验?

猴　子

眨眼太多，又害怕蛇。斑马，因反常
而至高无上；大象有烟色皮肤
　　和绝对实用的
　　　　附件，小猫；以及长尾鹦鹉——
　　　　　审查时琐碎又乏味，会毁坏
　　树皮和它吃不了的食物。

我记得它们的华美，现在，与其说是华美，
不如说是暗淡。很难记起装饰，
　　言辞，以及二十年前
　　　　称呼一个未成年的熟人的
　　　　　准确方式；但我不会忘记他——毛茸茸的
　　　　食肉动物中的
　　吉尔伽美什[①]——前腿和坚定的尾巴上

[①] 吉尔伽美什（Gilgamesh）是人类历史上最古老的叙事诗《吉尔伽美什史诗》里讲述的王。

有蓝灰色楔形符号的猫,
生硬地评论:"他们把羽翼未丰的无力抗议
　　强加给我们,在难以言状的狂乱中
　　　颤抖,说
　　　　并非要让我们去理解艺术;检查
　　　这种事物,发现它如此难解,

仿佛不可思议的神秘之物,仿佛
由翡翠或大理石雕成,拥有对称性的
　　冷漠——严肃而有张力,在它压倒我们的权
　　　力中,
　　　　包含着邪恶,当它提供奉承以交换大麻,
　　　　　黑麦,胡麻,马匹,白金,木材和皮
　　　　　　毛时,
　　　　比大海更深邃。"

光谱原色时代 ①

并非亚当和夏娃一起生活的时候,而是亚当
　　孤身一人的时候;没有烟尘,没有
早期文明艺术的
　　雕琢,色彩只因它的本色
而美丽的时候;没有任何修饰,只有

雾升起,斜线不过是
　　垂直线的变异,一切清晰可见
亦可明白解释:现在
　　则不再如此;炽热的蓝—红—黄光谱组合
不再是彩色的条纹:它也是

可被解读为标新立异的事物

---

① 光谱原色(Prismatic Colour),指光线透过三棱镜(prism)所呈现的七种原色,红、橙、黄、绿、蓝、靛、紫,在这首诗中作为原始的(pristine)象征,代表本真(originality)。

之一；复杂不是罪，除非

它变得晦涩，

　　不再清澈。此外，

复杂已屈从黑暗，却不承认

自己是一种瘟疫，四处弥漫，

　　仿佛要以阴暗的谬误

迷惑我们：坚持

　　才是成功之道，所有的

真理必定是黑暗的。诡辩总是

逞口舌之利——与最初的伟大真理

　　相悖。"它的一截身体在爬行，另一截

准备爬行，剩余部分

　　在洞穴冬眠。"① 在短足断续的

前进，以及咯咯声与全部的细节中——我们拥有

　　了经典的

---

① 这段话引自洛布古典文库第三卷《内斯特·希腊文集》(*Nestor, Greek Anthology*)，是对龙的精彩描述。原文韵脚繁复，无数韵脚对应龙的无数短足，繁复的语言形式暗示了龙身体构造的复杂。摩尔借此表达，复杂并非不可取，但要视情形而定。

多重韵脚。要视宗旨而定！真理并非贝尔维德尔的
　阿波罗①，并非有形之物。如果愿意，波浪可以
　　淹没它。
知道自己始终都在，它说：
　"波浪过去后我仍会在那里。"

---

① 指希腊雕塑家莱奥卡雷斯（Leochares，约前4世纪）雕塑的阿波罗雕像，创作于约公元前350至公元前320年，最早收藏于罗马贝尔维德尔宫。

彼 特[①]

强壮又狡猾,体格适合午夜草地晚会上面对四
　只猫,
　　他一动不动在沉睡中消磨时光——前肢分开的
　　　第一个爪子
　　对应大脚趾,缩进趾端;每只眼睛上的
　　　小丛蕨类或蚱蜢腿,清晰可数;
　　　　对称性装饰着嘴的鲱鱼骨,能同时

垂下或立起,像豪猪刺。他任由自己
　　被重力摊平,仿佛一棵海草暴露于阳光,变得
　　　驯服,
　　蔫软;伸展时不得不静静
　　　躺下。睡眠是其错觉的结果——必须尽其

---

① 彼特是摩尔朋友的一只猫,有黑白花纹。这首诗依据《观察》中的版本,保留了错落有致的排版形式。

所能
　　善待自己,睡眠——对他而言

如同对普通人那样,是生命终结的缩影。在他身
　　上演示
　　女士如何捉住危险的南方蛇,用叉子叉住其
　　无害的颈;人无需尝试
　　　　激怒他;他被精心塑造的头和鳄鱼似的眼睛并
　　　　　非这个笑话的
　　　　　　一部分。被举起,摇晃,像一条鳗鱼,
　　　　　　或者

被放置在前臂上,像一只老鼠;他的眼睛,被针一
　　般纤细的瞳孔
　　分成两半,可以飞快地掀开,再合上。也许?
　　　我应该说,
　　也许总是如此;当他在梦中占尽
　　　先机——就像在与自然或猫的斗争中那样,
　　　　我们对此心知肚明。酣眠
　　　　并非与他相联的固定假象。青蛙般的准确

弹跳,被捉住时,急促的叫喊,他将再次证明

自己；困于居家座椅横档中的只会是无
 用的——
人类。虚伪有何益处？选择
 自己的工作，放弃圆钉，不倒翁，当不开心
  的征兆
 显露时，用两道爪印划破身边的

杂志，这些都是允许的。他能
 谈论，却骄傲地沉默。这意味着什么？当其心
  地坦诚时，其在场
 就是一种致意。显然，他理解
  乐天知命的美德，不将坦白真相视为
   屈服。至于他那

总爱挑衅的性情，一个有爪子的动物当然想使用
 它们；从躯干到尾部鳗鱼似的延伸绝非偶
  然。去
 跳跃，伸展，划破空气——去偷窃，追逐。
  去告诉母鸡：飞过篱笆，在惊恐中误入
   歧途——这，即是生活；却很少做一味奸
    诈之事。

挑拣和选择

文学是生活的一种物态：假如
害怕它，你的处境难以改变；假如亲近它，
你对它的描述又毫无价值。
隐晦的暗示，模仿向上飞行，
会一无所成。为何要遮蔽这一事实：
肖伯纳在情感领域是自觉的，但在其他方面却是
功利的；詹姆斯
确如人们所说的那样[①]。哈代，并非作为小说家
或诗人，而是作为一个人，将生活阐释为情感。
评论家应该知道自己喜欢什么：

---

① 关于詹姆斯的评论引自艾略特发表在 1918 年 8 月《小评论》(*The Little Review*) 中的文章《纪念》("In Memory")："詹姆斯的批评天赋在他对观念的精通以及对观念令人困惑的逃避中最清晰地呈现出来；精通和逃避也许是对一种优秀智商最后的测试。他拥有一种精致的思维，没有观念可以损害它……在英格兰，观念在情感的荒野和平原上奔跑；我们用观念腐蚀了感觉，而不是用我们的感觉（很不相同的一种东西）去思考；我们制造了政治、情感的观念，逃避感觉和思考。"

戈登·克雷格连同他的"这是我","这是我的",
连同他的三个聪明男人,他"忧伤的法国绿"和
    中国樱桃——
戈登·克雷格,如此随心所欲,肆无忌惮——是
    一个评论家。
而伯克是一个心理学家,敏锐,有浣熊似的
    好奇。
勤勉至极;对骗子而言,其名字如此有趣——
年轻而又冲动,凯撒登上了阿尔卑斯
"勤勉"的顶峰!
我们对意义并不迟钝,
但对虚假意义的亲近使人困惑。
嗡嗡的臭虫,不导电的蜡烛。
跑过草地,啃咬亚麻,告知
你有一只獾的小狗——令人想起色诺芬[1];
最根本的行为是必须为我们留下气味。
"一阵理直气壮的狂吠",耳朵之间皮肤上
    一些"深刻的皱纹",是我们要求的全部。

---

[1] 色诺芬(Xenophon,前440—前355),古希腊历史学家、思想家。下文"一阵理直气壮的狂吠"及"深刻的皱纹",均引自色诺芬的著作《狩猎》(*Cynegeticus*)。

英格兰

连同它幼小的河流与小镇,每个小镇的修道院或
　　教堂;
连同声音——或许是回荡在袖廊的声音——
舒适便捷的典范:意大利,连同它持平的
两岸——发明了一种享乐主义,
从中排除了粗野:

希腊,连同它的山羊与葫芦,
被修饰的幻觉的巢穴:法国,
"夜间活动的蝶蛹"[①],
其作品中结构的神秘性
使人忘记了它最初是人的客体——
核心的实质:东方,连同它的蜗牛,它简略的

---

① 这句话引自法国艺术家埃尔泰(Erté,1892—1990)。埃尔泰原名 Romain de Tirtoff,出生于俄国圣彼得堡,是 20 世纪最受各大时尚杂志欢迎的插画家。

情感表达方式与玉蟑螂,它的岩石水晶与沉静,
它全部博物馆似的特性:美国,
它的南方有微弱而古老的摇摇欲坠的维多利亚
　传统,
它的北方街道上缭绕着雪茄的烟雾;
没有校对者,没有蚕,没有胡扯;

它是野蛮人的土地;没有草,没有沙丘,没有语
　言的国度,它的文字不是
西班牙语,不是希腊语,不是拉丁语,不是
　速写,
而是朴素的美国式的,猫和狗都能读懂!
单词 psalm 和 calm 中的"a"
与 candle 中的"a"发音相同,这一点引人注目,
　但是

为何必须用事实来说明
被误解的大陆?
它这样做,是因为有类似于蘑菇的
剧毒伞菌,两者都很危险?
在奢欲可能被误认为精力充沛,

热情可能表现为急躁的事例中,
无法得出结论。

误解事实,即是承认,人看得不够长远。
中国的超然智慧,埃及的洞察力,
被压缩在希伯来动词中
洪水般奔腾的情感,
这些书——它们的作者会说,
"除了他,我谁也不嫉妒,惟有他,
比我捕获了更多的鱼"——
所有表示高贵的鲜花和果实——
在美国假如不曾被偶然发现,
人们就以为它并不生长在那里?
它从未被固定于某地。

当我购买图画时

或者,更准确地说,
当我看着我可以将自己视为其想象的占有者的事
 物时,
我流连于那些能在平常时刻为我带来愉悦的:
对于好奇心的讥讽,其中可以分辨的
不过是情绪的强度;
或者正好相反——古董,例如,中世纪风格的
 帽盒,
上面画了鹿,鸟,坐着的人们,
以及腰像沙漏那样渐渐缩小的猎犬;
可能只是一块镶木地板;篇幅
只有一张羊皮纸大小的文字传记,字母分得
 很开;
一支呈现六种蓝色的洋蓟;由三部分组成的鹬鸟
 腿似的象形文字;
守护亚当墓穴的银栅栏,或者握着亚当手腕的米

迦勒[①]。

强调这种或那种品质的智力因素,过于苛刻,会
　　损害人的愉悦。

不必指望征服任何事物;被公认的胜利并不容易
　　获得尊重——

它显得伟大只因其他事物过于渺小。

结论是:无论何种事物,

它必须"被深入事物生命之中的尖锐目光照亮";

它必须承认创造它的精神力量。

[①] 这一意象出自布莱克的淡水彩画《米迦勒引领亚当和夏娃出伊甸园》。米迦勒(Michael)是《圣经·旧约》中的大天使,意思是"似神的""与神相似者"。

坟　墓

人注视着大海,
挡住了和你一样对它拥有权利的人观看的视角,
渴望站进事物的中心是人的天性。
但你无法站进这样的中心;
大海所提供的,只是一座精致的坟墓。
冷杉排成一列,每根树梢都有一只绿色的火鸡,
外形矜持,固守着沉默;
然而,压抑,并非大海最显著的特征;
大海是一个收藏家,迅速报以贪婪的一瞥。
除你之外,其他人已用旧了那一瞥——
他们的表情不再是一种抗拒;鱼亦不再探究
　　他们,
因为他们早已尸骨无存:
人们撒下网,并未意识到他们正在亵渎一座
　　坟墓,
船迅速划走——桨叶

一起移动如水蜘蛛的脚,仿佛根本没有死亡这
　　回事。
水的波纹列着方阵行进——在泡沫的网下,美丽
　　无比,
随即无声地消失,只有海水在海藻间沙沙作响;
鸟飞速掠过天空,发出猫似的尖叫——
龟壳撞击着悬崖的底座,在那里翻腾;
而海洋,在晃动的灯塔与喧闹的浮铃声中,
一如既往地前进,仿佛它不是沉沦之物注定沉没
　　的那片海洋——
假如它们在水中旋转,挣扎,既非因为意志也非
　　因为知觉。

那些不同的手术刀

那些
不同的声音始终模糊不清，仿佛连续不断
　　随意敲打薄玻璃发出的嘈杂回声——
　　　　变调遮蔽了：你的头发，两只
　　头抵着头的石头斗鸡的尾巴——
　　　　如同被雕刻的弯刀，以相反的方向重复了你
　　　　　　耳朵的曲线：
　　　　　　你的眼睛，冰雪之花

被猛烈的风吹落在失事船只的缆索上：你举起
　的手，
　　　一个模糊的签名：你的面颊，法国城堡的
　　　　石头地板上那些鲜血的花环，
　　　对于这点，导游如此肯定——
　　　　　　你的另一只手，

一束相似的长矛，部分被来自波斯绿宝石
 以及佛罗伦萨金器破碎的辉煌
  所掩盖———一堆小物件——
 用灰色和黄色珐琅精心制作，蓝宝石配绿
  宝石，
  月亮石配珍珠，还有蓝色的蜻蜓；
   一只柠檬，一只梨，

三串用银丝串联的葡萄：你的衣服，一座华丽制
 服的
 方形教堂塔，
  与此同时，变化万千的外表———一座
 直立的葡萄园，在传统观念的
  风暴中沙沙作响。它们是武器还是手术刀？
   被刻板而又考究的

超越于机会之上的坚硬王权打磨得锃亮，
 这些事物是昂贵的器材，可以用于实验。
  但为什么要用比命运本身的结构
   更精致的器材去剖析命运？

赫拉克勒斯①的劳作

去推广骡子,它整洁的外形
表达了缩减至极致的适应性原则:
去说服品位素朴之人,自豪于拥有家,和一个音
　乐家——
钢琴是用来铭记的自由领域②;他"迷人的蝌蚪
　音符"
属于有空弹奏的过去:
去说服那些自我塑造的大脑的迈达斯③——
他的十四克拉愚昧渴望升值,预示着失望,
人不必借来一根长长的白胡须系上,

---

① 赫拉克勒斯(Hercules),希腊神话中的英雄,宙斯与阿尔克墨涅之子。他勇武有力,完成了十二件伟绩,其中第二件事就是杀除九头蛇怪绪德拉。
② 摩尔曾读到过某位作者的童年回忆,写到了钢琴盖对孩童的诱惑——想用一根别针在上面画画。
③ 迈达斯(Midas),希腊神话中贪财的国王,求神赐给他点物成金的法术,最后连他的爱女和食物也被他用手指变成了金子。

用时间的镰刀威胁偶然的好奇：
去用一种过于灵活的选择教育诗人，
人以克服冷漠的能力印证其创造力；
而它也许比逻辑更具灵活性；
像电流一样直线飞行，
飞过自诩遥远的荒凉之地：
向等级制中的高级牧师证明
势利是一种愚蠢，
古老的谄媚所显露的最好一面，
是亲吻上司的脚，
踢开下属的脸；
去教育无神论的守护者，
我们厌倦了地球，
厌倦了猪圈，野鹅和野人；
去让耍蛇者般的争辩者相信，
人始终明白
"黑人并不野蛮，
犹太人并不贪婪，
东方人并不邪恶，
德国人并非一种匈奴人"。

纽　约

野蛮人的浪漫
附生于我们商业所需的场所——
皮草批发交易中心①,
四处点缀着圆锥形貂皮帐篷,放养着狐狸,
两英寸②长的卫毛在奔跑的身体上飘扬;
地上散布着鹿皮———一个又一个白点,
"如同单色缎面刺绣,可承载变化的图案"③,
枯萎的老鹰绒羽,被风吹干;
海狸皮绉领④;防雪的白色皮毛。
它是一声遥远的呼唤,来自"遍身珠宝的皇后"
和带着皮手笼的纨绔子弟,

---

① 1921 年,纽约接替圣路易斯成为皮草批发交易中心。
② 1 英寸约合 2.54 厘米。
③ 引自 1918 年 3 月 30 日《文学文摘》(*The Literary Digest*)上刊登的乔治·施拉孜(George Shiras,1859—1942)搜寻白鹿的冒险文章《森林和溪流,1918 年 3 月》。
④ 绉领(picardel),伊丽莎白时代流行的衣领。

来自驶往莫农格西拉河与阿勒格尼河交汇处
形如香水瓶的镀金马车，
和荒野的经院哲学。
它不是无聊小说的外景，
尼亚加拉瀑布，杂色马和作战的独木舟；
它不是"假如穿的皮草不如其他人的精美，
宁可不要穿它——"①
用生肉和莓子估算，我们足以喂养宇宙；
它不是机智的氛围，
不是没有枪眼和狗牙印的
水獭，海狸，豹子皮；
它不是掠夺，
而是"经验的可接近性"。

---

① 引自弗兰克·阿尔瓦·帕森斯（Frank Alvah Parsons，1866—1930）的《服饰心理学》(*The Psychology of Dress*)中贡萨加公爵夫人伊莎贝拉的话："我喜欢黑色的衣服，哪怕它一码要十个达克特。穿上它后，要是和我见到的其他人一样好看，我宁愿不穿它。"

人的环境

它们回答了某人的问题,
一张靠墙的交易桌;
在整齐排列的干骨中,
一个人"天生的机敏"被压缩,而非被释放;
一个人的风格不会丧失于这种简单性。

如此老式,过时的宫廷家具;
塞弗勒瓷器①和装饰壁炉的狗——
与哈巴狗一样陈旧的尖耳青铜兽;
一个人有对坏家具的偏好,
这并非他的选择:

坚不可摧的巨大墓冢——

---

① 塞弗勒瓷器（Sèvres china）,法国的瓷器品牌,产于法国中北部城市塞弗勒。

由可拆卸单元组合而成的约曼-厄布家具[1]；
钢，橡木，玻璃，包含了公开的效益秘密的
可怜的理查德出版物，
印在薄至"一千四百二十页还不到一英寸厚"[2]的
　纸上，
如此公然叫嚣，你浪费我的时间，就是夺走我可
　以使用的物品：

被水杉遮蔽的高速公路，嵌在二十英尺深的杜鹃
　花丛中，
孔雀，手工锻造的大门，古老的波斯天鹅绒，
玫瑰，其浅黑色的轮廓映衬着象牙色路面，
雪松被刺破的铁质阴影，
中国的雕花玻璃器皿，旧沃特福德[3]玻璃器皿，
　有修养的女士们；
园林景观弯曲成永恒：

---

[1] 约曼-厄布家具（Yawman-Erbe），创建于1880年的纽约家具公司。
[2] 引自1921年6月13日《纽约时报》上一则纸张广告："纸——和一个人一样长久，和一根头发一样单薄。林登米尔的产品之一被芬克暨瓦格纳尔公司——《文学文摘》和《标准词典》出版商——选中，用于印刷他们关于印度纸的12页宣传册。"
[3] 沃特福德（Waterford），爱尔兰城市，生产玻璃器皿。

如此长距离延伸的直线,正如在犹他州和德克萨
　斯州所见,
那里的人们不必被告知
好刹车与好马达同样重要;
凭借皮肤中额外的感觉细胞
他们就能像鳟鱼那样嗅出是什么正在靠近——
那些冷漠的先生,拥有清晰的常识感觉器官,
能判断乌鸦飞行时两点之间的精确距离;
一个沿直线移动的意念自有其魅力——
都市中蚊子争夺的蝙蝠栖息地,
美国弦乐四重奏:
这些是远多于答案的问题,

珊瑚礁上的青须公之塔 ①,
罗盘的每个点上合拢的神奇捕鼠夹,
作势欲扑,如湛蓝的海湾中凝固的海浪
那里一尘不染,生命就像一片柠檬叶,
一张坚韧透明的绿色羊皮纸,
凤凰木的深红,古铜,中国式朱红
点燃石屋,土耳其玉色反驳时钟;

---

① 青须公之塔(Bluebeard's tower),维京群岛的圣托马斯岛上的瞭望塔。

拥有古怪好客之心的地下城堡，
连同它"月亮石雕刻的棋子"，
它的知更鸟，摇曳的百合，芙蓉，
它翅膀上点缀着蓝色半圆形的黑蝴蝶，
耳朵似玛瑙的棕黄色山羊，它闪闪发光毫无厚度
　　的蜥蜴，
如博古架上穿孔的绿松石上泼溅的火花与银屑，
以及在一只手的抚摸下颤抖的金合欢似的小姐，
迷失在一小丛交错的兰花中——
着色的水银落下，
又消失了，如一只温顺的变色龙消失在五十层紫红
　　与淡紫之中：
对此，这种建设性的意念得出结论，
过分考虑自我是不可能的，
世故就像"一架自动扶梯"，"切断进化的神经"。

在这些含糊的、既主观又客观的外在表情中，
眼睛知道要去扫描什么；
行为的外观不必显露轮廓；
"一个背景不必有存在的样态"，
而对其施加 X 光似的强烈好奇，外观会回缩；
干扰性的表情边缘只是突出之物上的一个污点，

既无上也无下；
我们看见外在与基本的结构——
军队的首领，厨师，木匠，
刀匠，赌徒，外科医生和兵器制造者，
宝石匠，织工，手套商，小提琴手和民谣歌手，
教堂司事，黑布印染者，马夫和烟囱清理工，
皇后，女伯爵，女勋爵，帝王，旅行者和水手，
公爵，亲王和绅士，
各就其位——
营地，铁匠铺和战场，
会议，礼拜堂和衣柜，
书斋，沙漠，火车站，精神病院和发动机制
  造场，
商店，监狱，砖厂和教堂祭坛——
在城堡，宫殿，餐厅，剧院和帝国接待室，
诸如此类干净又体面的庄严之地。

蛇，猫鼬，耍蛇者，诸如此类之物

我有一个朋友，愿出钱购买长度相同的长
 手指——
丑陋的鸟爪，奇异的角蟾和猫鼬——
生产它们的国度，亦是食草者，持火炬者，狗
 仆，信差，
圣人的国度，其中一切皆是苦役。
着迷于这条卓越的、几乎和被捉住那天一样野蛮
 而凶猛的蠕虫，
他目不转睛，无法分心看向别物。
"迅速滑过草丛的细蛇，
悠闲的、背部色彩斑斓的乌龟，
从树枝跃上石头，又从石头跃上稻草的变色龙"，
曾激发他的想象；他的赞赏聚焦于此：
粗大，却不笨重，它从旅行筐中站起，
本质上是希腊式的，这柔软动物从鼻子到尾巴是
 完整的一条；

人被迫去看它，如同看着阿尔卑斯山的阴影，
拘囿于它们的折叠如同苍蝇拘囿于琥珀，溜冰场
　的节律。
这种动物，在远古时代即被赋予了重要性，
精美，如其崇拜者所说——创造它是为了什么？
为了显示，当智慧以其纯粹的形式
登上徒劳无功的思想列车时，它便会回来？
我们并不清楚；对于它，唯一确定的是它的形
　态，但为何抗议？
让人们各就各位的热情其本身是一种折磨人的
　病症。
并不自我称道的厌恶才是最好的。

草地滚球 [1]

草地上

有铁梨木球和象牙标记,

木桩安插成野鸭形状,

并迅速打散——

凭借中国漆制品风格

残留的古老细节,

由特定的修饰和从容的切割层层展示,

因而只有图画必需的那些颜色呈现,

我领悟到我们是精确主义者,

并非在行动中被定格的庞培 [2] 居民

---

[1] 草地滚球(Bowls),是一项集运动竞技和休闲娱乐于一体的时尚运动,起源于英国宫廷,具有数百年的历史。传统滚球大部分用石头或木头制成。

[2] 庞培古城(Pompeii):公元79年8月,维苏威火山大爆发,掩埋了这座城市和城里的居民。1748年,这座古城被发现。在发掘过程中,人们偶尔发现人体留下来的空洞,向这些空洞中注入石膏,就形成了一个个细节清晰的古庞培人的塑像,这些人生前的最后一刻就这样被保留下来。

作为一个相应的横截面可能会暗示的。
放弃自玛蒂尔达①时代以来对说过的一切
采取的粗野而又冷漠的政策,
我将购买一本现代英语词源学词典,
或许我可以理解其所写的内容,
就像蚂蚁和蜘蛛
时不时回到总部,
我将回答这个问题,
"为何我喜欢冬天更甚于夏天",
并且承认,直面现代剧作家、诗人和小说家,
不会令我厌恶——
我的感受完全相同;
我将写信给杂志出版商,
这本杂志"在每个月第一天发行,
在人们来得及购买前就消失了,
除非预先做好准备,"
尽力去取悦——
因为赠送迅速,等同于赠送两次,
在信中正是如此。

---

① 玛蒂尔达(Maltida of Flanders,约 1031—1083),英格兰国王威廉一世的王后。

新　手

剖析他们的作品，

针对维尔·霍尼卡姆被一个女公爵抛弃这件事；

惊恐自我的小假设混淆了那个问题，

因而他们不知道"究竟是买家还是卖家付钱"——

一个深奥的理念只对艺术家才是浅显的，

他是唯一购买，并执着于钱的卖家。

一个表达自我并赋予它智慧的人，不会是傻瓜。

　多好的观点！

"德拉克汀毒蛇，诞生之时就完美、有毒"，

他们作为海蛇盘踞地的对立面而存在，"不被更

　清醒的艺术的幽光照亮"。

三十岁获得了他们六十岁想遗忘的，

无视正确的话语，对"柏木气味强化大脑神经"

　之类的讥讽

充耳不闻，

厌恶古代，连同

"沉思的心灵总能感受到它的一丝悲伤,
如此细微,又如此强烈"——
他们创作那种据他们判断将取悦一位女士的
　　作品;
很想了解,我们是否并不喜爱字母表中拼写一个
　　单词的字母——
根据国会法案,财务部长的宣誓声明,以及其余
　　部分——
对应于我们之所是:
愚蠢的男人;男人们强壮,但无人在意:
愚蠢的女人;女人们富于魅力,却如此讨厌。
是的,"作家是优秀的人,尤其是写得最好的
　　那些",
所有的语言大师,表达的高级蝌蚪。
习惯了萦回的古代磷光,
柏拉图"极为高贵的晦涩与不确定的术语",
皇家游艇在埃及博学的风景上流畅滑行——
国王,管家,和竖琴师坐在船中,玉
和岩石水晶在变幻中移动,
他们的平和征服了浪峰——
婀娜的机智,以赛亚、耶利米、以西结、但以

理^① 透明的方程式。

厌倦了"大海无细节的景色",它的重复,单调,

以及岩石的混乱——希伯来人的刻板评论——

健康活泼的年轻人宣称:

无需与令人厌烦之事搅和在一起;

他们从未做出他们发现如此易于验证的声明——

"像一块玻璃撞墙裂开",

在"眼花缭乱的印象碎片中,

希伯来语自在自发的激情——

一个充满回声与暴力的动词的深渊",

其中,行动使行动不朽,角度与角度冲突,

最后被普遍的行动淹没;

被"色彩深不可测的暗示",

被颤动、喘息不定的绿和白色线条遮蔽,

在与岩石对抗的水的戏剧中——这"急促辅音的海洋"

连同它"巨大的青色斑块,如同厚重的绿色大理石长板",

"瞬间闪现的垂直闪电长矛","吞噬一切的灼热

---

① 以赛亚、耶利米、以西结、但以理都是《圣经》里的先知。

火焰",

"与屏障上的泡沫一起",

"在浪花长久的嘶嘶声中粉碎了自己"。

婚　姻

这种机制，

或者应该说事业，

出于对它的尊重，

人们认为不必为了它

改变对所信仰之事的看法，

但需公开承诺

一个人打算

履行一项私人义务：

我不知道亚当和夏娃

在这一刻对它作何想，

这烈火淬炼

镀金的钢；

显得多么亮堂——

"循环的传统和欺诈，

提交许多战利品"，

需调动一个人全部可耻的机智

去避免！
解释一切的心理学
什么也没有解释，
我们仍处于困惑中。
夏娃：美丽的女人——
我曾见过她，
她的美
让我吃惊，
她能同时
使用三种语言——
英语，德语，和法语——
写作，交谈；
在寻求热闹与确保安宁时
同样积极：
"我宁愿孤独；"
访客对此回答，
"我宁愿孤独；
为何我们不一起孤独？"
在炽热的星星下，
在炽热的果实下，
陌生的美的经验；
它的存在过于丰盈；

它将一个人撕成碎片，
意识每一阵新的涌动
都是有毒的。
"看她，看，这个平凡世界中的她"，
最初的微晶体实验中
核心的瑕疵，
这种合成不过是一种
有趣的不可能性，
将它描述为
"奇异的天堂，
不同于肉体，石头，
金子或庄严的建筑，
是我生命中最好的选择：
心，在安宁的场域
上升，
如同一艘船
随水的涌起而上升"；
受制于蛇的描述——
在礼节的历史中蜕去
不再被回收的蛇皮——
证明亚当无罪的
无比珍贵的意外。

他也拥有美；
这令人痛苦的——哦你
属于他，来自他，
没有他你什么也不是——亚当；
"像猫，
又像蛇"——多么准确！
一个蹲伏的神话怪兽，
在绿宝石矿山的波斯微缩图中，
用生丝绣成——有象牙白，雪白，
乳白以及其他六种颜色——
在充满美洲豹和长颈鹿的小围场——
被开垦出蓝色梯田的
长形柠檬色土地。
因词语而生动，
像一个铙钹，在被敲击前
因触摸而颤动，
他已正确地预言——
勤劳的瀑布，
"湍急的溪流
猛烈地冲走眼前的一切，
曾经像空气一样沉默，
此刻却像风一样强劲"。

"在一支矛不确定的落点
踏出深坑",
忘记了女人的内心
有一种不可靠的
精神品质,
一种本能的呈现,
他继续
用一种习惯性的正式口吻
谈论"过去的状态,当下的状态,
印信,承诺,
一个人背负的罪,
一个人享有的善,
地狱,天堂,
宜于提升人快乐的
一切事物"。
他的内心有一个精神王国,
觉察到它并不跟从
他的意愿,
"发现自己变成了一个偶像,
由此体验到一种神圣的欢乐"。
受新叶中的夜莺
以及它的沉默——

并非一次沉默而是多次沉默——
折磨,
他说起它:
"它为我穿上一件火的衬衫。"
"他不敢拍手
鼓励它继续歌唱,
担心它飞走,
如果他什么也不做,它会沉睡;
如果他叫喊,它不会理解。"
被夜莺烦扰,
又受苹果蛊惑,
因"一种有效地熄灭火的
火之幻影"所激动,
其与尘世的光芒
相比,
微不足道———一种
"与生命本身一样
强烈、深刻
明亮、宽广、持久"的火,
他在婚姻中跌跌撞撞,
"的确是一种非常琐碎的事物"
摧毁了他所坚持的

立场——

哲学家的安逸

是一个女人的私生子。

无助的希门[①]！

"一个发育过快的丘比特"，

无意识的评语堆砌而成的

呆板广告，

被亚当

可出却不可进的实验——

婚姻的仪式

不过加大了它的浪费——

贬低至毫无意义；

它状如小提琴头的蕨类，

莲花，仙人掌，白色单峰骆，

它的河马——

鼻子和嘴组合成

一个庞大的漏斗，

它的蛇和有效的苹果。

他告诉我们，

"对于

---

① 希门（Hymen），希腊神话中的婚姻之神。

能逼视一只鹰使其目盲,

与金苹果园中

爬上树的

赫拉克勒斯相伴随的爱而言,

从四十五岁到七十岁

是最好的年华",

赞扬它

是一种精致的艺术,一种实验,

一份职责或仅仅是消遣。

人们不必称他为恶棍,

也不必制造一起灾难——

争斗将充满深情:

"没有真理能完全理解,

除非它已被争论的牙齿

品尝过。"

黑眼睛的蓝色豹子,

蓝眼睛的玄武岩豹子,

绝对是优雅的——

人们必须为它们让路——

黑如黑曜石般的狄安娜[①],

[①] 狄安娜(Diana),罗马神话中的狩猎神与月亮女神。

"染黑她的容颜,

像一头熊",

被刺穿的手

对一个人怀有感情,

并且向骨头证明了这点,

不耐烦地向你保证

不耐烦是独立

而非束缚的标志。

"已婚人士常常这么看"——

"罕见而冷漠,阴晴不定,

好日子和坏日子

混杂并染上疟疾。"

我们西方人如此冷静,

自我迷失,讽刺语保存在

"亚哈随鲁① 参加的一场亲密宴会"中,

连同它蛇牙般的小兰花,

连同"善良的巨人,指引方向",

连同一点笑声,

而慷慨的幽默,

---

① 亚哈随鲁(Ahasuerus),《圣经》里的波斯王。

则保存在不切实际的坦率氛围中,
其中,"四点钟不存在,
但五点钟,
小姐们会带着傲慢的谦逊
准备迎接你";
其中,经验证明
男人拥有权力,
有时人们被迫感受到这点。
他说,"怎样的帝王才不羞愧于
拥有一个
头发像胡须刷似的妻子?"
女人的真相
不是"笛音,
而是真正的毒药。"
她说,"'男人是星星,
吊袜带,纽扣
以及其他闪亮之物的独占者'——
不适合成为另一个人幸福的
守护者。"
他说,"这些木乃伊
必须被精心处理——
'一头狮子美餐的碎屑,

一对腿骨,一小块耳朵';
转向字母 M,
你会发现
'一个妻子是一具棺材',
这个严肃的客体,
拥有令人愉悦的
界定空间而非人群的几何体,
拒绝被埋葬,
如此独特地令人失望,
被报复性地铸入
一个孩子
对一对杰出父母的崇拜态度中。"
她说,"这只蝴蝶,
这只水蝇,这个流浪汉,
'打算
在我手上寄居一辈子'——
对此又能如何?
莎士比亚时代
必定有更多时间
坐下,看一场戏。
你认识的那么多艺术家都是傻瓜。"
他说,"你认识那么多傻瓜,

都不是艺术家。"
这一事实忽视了
"一些人只享受权利,
而另一些人必须尽义务",
他如此爱自己,
不能让自己
在那份爱中有竞争者。
她如此爱自己,
以致看不够自己——
一座象牙上的象牙小雕像。
顺理成章的最后一触
带来辽阔的辉煌,
作为辛勤劳作赢得的报酬:
当一个人貌似永远正确时,
他是贫穷而非富有的。
能为他们做点什么——
这些野蛮人
注定见弃于
那些并非幻想家,
不够机敏,不足以承担让人变得高贵的
愚蠢使命的人?
圣彼得忠诚的榜样,

"离开她安静的丈夫,
只因她已看够了他"——
雄辩家提醒你,
"乐意为您效劳。"
"与爱相关的一切都是神秘的;
绝不只调查这门学科所需的
一日之功。"
人们明白它很珍贵——
对彼此对立,不团结的对立面的
惊人掌控,
在圆形的包围中,
使哥伦布用蛋进行的示范
相形见绌——
质朴性的胜利——
世界所仇视的
恐怖而超然的
仁慈的犹罗克利顿①,
承认:

    "我是那样一头牛,

---

① 犹罗克利顿(Euroclydon),《圣经》中的地中海东北暴风。

如果我感到悲伤，

我会难过很久；

我并非那些

早晨

大悲，

中午又大喜的人之一；"

即是说："我在这些智慧而谦逊的

门徒中

遇见了它，

辩论者和罗马人

似在列队前行，

一个古代丹尼尔·韦伯斯特[①]的

政治才能，

坚持他们性情的质朴性

作为问题的本质：

'自由和联邦

[①] 丹尼尔·韦伯斯特（Daniel Webster, 1782—1852），美国政治家、法学家和律师。他的名言"自由和联邦，此刻至永恒，不可分离"刻在纽约中央公园他的雕像基座上，摩尔在引用时刻意省略了最后一句。

此刻至永恒；'

书在书桌上；
手在胸袋中。"

一条章鱼

冰质的。貌似矜持,平坦,
"盛大而庄严",躺在
变幻无定的茫茫雪丘下;
仙客来的红与褐点缀在轮廓分明、可以弯曲的
玻璃材质的伪足上————一种极其必要的发明——
容纳了二十八座五十到五百英尺厚的冰原,
有着难以想象的精美。
"从岩隙采摘长春花",
或者用蟒蛇残酷的向心力挤杀猎物,
它盘绕着向前,"胳膊上的
蜘蛛造型"让人误以为是蕾丝;
它"幽灵般的苍白变成一座
开满银莲花的池塘绿金属的色调"。
冷杉,依托"它们庞大的根系",
从这些"匍匐侦查"的军事演习中冷漠地立起,
我们美国皇室朴素的典范,

"每一株都好似边上一株的影子。

和它们黑暗的生命能量相比,岩石也是脆弱的",

它的朱砂、缟玛瑙和锰蓝内在的珍贵性

任由天气处置;

"被水滴落之处横淌的铁涂抹",

被它的植物和动物接受。

兜了一个圈子,

你误以为自己前进了,

在"悬挂着为了过滤而非阻拦阳光"的

落叶松文雅的松针下——

是紧紧缠绕的云杉枝条,

"边缘齐整,就像修剪过的柏树,

仿佛没有枝条能刺透寒冷越过它的陪伴";

是金银矿堆包围着的"山羊之镜"①——

女士手指似的洼地,嵌在人类左足形地貌中,

它为了自己而阻扰你,

让你来不及看见其他事物;

它的靛蓝,豆绿,蓝绿和青绿,

有一百到两百英尺深,

---

① "山羊之镜"(The Goat's Mirror),指加拿大落基山脉地区的艾格尼斯湖(Lake Agnes)。

"融合成湖中不规则的斑块,
风,如一阵风暴,
在湖面荡起涟漪,搅乱了水杉的影子"。
对于熊、麋、鹿、狼、山羊和鸭而言,
还有何处具备同等重要的价值?
由祖辈抢先占领,
这是苛刻的豪猪
和"滑向沼泽中的洞穴,
间或在高处停下嗅嗅欧石楠"的老鼠的领地;
这是"建造的排水沟如同人类铲子之杰作的
深思熟虑的河狸",
和出其不意搜索蚁山和浆果丛的
熊的领地。
它们的洞穴位于别处,
由钙化宝石,雪花石膏柱,黄玉,电气石水晶
和紫石英构成,隐藏在
"遍布着大理石,碧玉,玛瑙,
仿佛矿场被炸开的蓝色森林"的混乱中。
更高处,山羊
以海湾雄鹿①的姿态站立,

---

① 海湾雄鹿(stage-at-bay),指英国画家兰瑟(Edwin Henry Landseer,1803—1875)的一幅作品。

如可怕的石笋群中一块闪耀的碎片,
它的眼睛盯着貌似永不落下的瀑布——
绵绵无尽的一束在风中摇荡,
在山峰的远景中摆脱了重力。
一只特殊的羚羊,
适应了"穿梭着刺骨寒风,
让你疑惑你为何前来的洞穴",
它所立之处,
是云彩和凝固的白色雾气笼罩的悬崖——
黑色的足,眼,鼻子和角,篆刻于耀眼的冰原,
水晶山峰上貂的身躯;
太阳的双肩投射最大的热,仿佛乙炔,将它们染
　　成白色——
在这古老的基座上,
"拥有这些优雅线条的山,证明它是一座火山",
顶端是一个完整的圆锥,就像富士山,
一次爆发会将它掀走。
因一种美而闻名,
这种美,"观光客从不敢在家中完整地述说,
担心作为骗子被扔石头",
大雪山是众多生物的家园:
包括那些"曾住在旅馆,

但此刻住在营地——且更喜欢这里"的人；
包括从设陷阱者发展而成的山间向导，
"穿着两条裤子，外面的一条更旧，
从裤脚慢慢磨损至膝盖"；
包括"以非哺乳动物的敏捷沿着一根木头奔跑的
九纹花栗鼠"；
包括"热爱激流和高压瀑布"，
在微型尼亚加拉瀑布的拱形水流下
筑巢的潜鸟；
包括"在冬天坚硬的白色中，
靠石楠花和高山荞麦为生"的白尾雷鸟；
也包括西边的十一只老鹰，
"喜爱春天的芬芳和冬天的色彩"，
习惯了冰川非自我中心主义的运动
和"每个仲夏夜持续数小时的霜降"。
"它们创造了一种美好的外观，是吗？"
喜欢对一切视而不见？
栖息在危险的火山和浮石上——
那些未经调节的烟囱和大砍刀，
规定"人名和地址必须公布，
以防灾难"——
他们倾听冰的咆哮，监督水

蜿蜒穿过峭壁，

道路"像线一样爬升，

形成蜗牛壳上盘绕的凹槽，

回旋往复，直至雪出现之处，它才消失"。

在沉浸于波浪与白水的卵石中，

没有"故作天真的伤感"，

"当你听见最狂放的森林音乐时，

必定是一只土拨鼠"，

这"纠结于好奇与谨慎"的受害者，

在一些微小的天文台上

查看究竟是什么惊扰了它：

一块从冰碛上跳跃着滚下的石头，

另一只土拨鼠，或长着玻璃眼的斑点小马，

它们由冰霜覆盖的草和花丛，

以及迅疾的冰流喂养。

并不知道如何登上这座山，

却被那些"一年三百六十五天

都需要寻欢作乐的商人"所驱使，

这些拥有耀眼斑点的小马如此独特；

在桦树，蕨类，睡莲，

山赤莲，火焰草，

熊耳和小猫尾巴中，

在无叶绿素的真菌——它们在青苔上被放大的
　　侧影
如水中的月亮石——的袖珍队伍中,很难分辨;
运白棉布的马车队
与白色的杜鹃花原始的美国"风格秀"竞争,
这种花超然于僵硬的叶子,
潮气正在上面施展自己的炼金术,
将新绿炼为缟玛瑙。

"就像地狱中欢乐的灵魂",享受精神的磨难,希
　　腊人
以精致的行为自娱自乐,
因为它"如此高贵而美好";
并不擅长让他们的智慧去适应
老鹰的陷阱,雪地靴,
登山杖和那些"热衷于
享受生机勃勃的乐趣"的人所发明的工具。
由树提供原材料的弓、箭、橹和桨,
在新的国度比在别处更有说服力——
增强了这一本质上是人道主义的断言:
"森林为居所提供木材,用它的美激发
公民的道德热情。"

希腊人喜欢光滑，不信任
无法看清之物的背面，
结论时带着仁慈的确定性，
"只要世界继续，
复杂性就仍然是复杂性"；
把我们笨拙命名的幸福
归之于"一种品质或偶然性，
一种精神的实质或灵魂本身，
一种行动，一种展示，或者一种习惯，
一种使灵魂信服、沉浸其中的习惯，
或者不同于习惯的某种事物，一种力量"——
就像亚当曾拥有而我们仍然匮乏的力量。
"感情上敏感，他们的心却是坚硬的"；
他们的智慧远离
这些冷漠的、官方嘲讽的古怪神谕，
施用于禁猎区，
其中，"枪，网，围网，陷阱和炸药，
雇佣的车，赌博和麻醉剂，皆被禁止；
违反者即刻驱除，
未经书面许可不得返回"。
显然，
让所有的一切畏惧一物是可怕的；

人必须遵令行事,

吃米饭,梅脯,海枣,葡萄干,硬饼干和西红柿,

假如他想征服塔科马山①的主峰,

这化石之花,简约,纹丝不动,

被切割时,完好无损,

因神圣不可企及的遥远而受到诅咒——

就像亨利·詹姆斯②"因庄重而受到公众咒骂";

不是庄重,而是克制;

对艰苦事业的爱

挫败并耗尽了他们——对干净利落缺乏认同的
公众。

结束得干净利落!结束得干净利落!

无情的精确性是这条

拥有求实能力的章鱼的本性。

"缓慢地爬行,仿佛带着冥想的秘密,

它的胳膊从四面八方伸来",

它收容风中的人,这风"将雪花撕成碎片,

又如一个喷砂器将这些碎片投出,

削去树枝,剥掉松动的树皮"。

树这个词是否可以描述

---

① 塔科马山(Mount Tacoma),美国华盛顿州西南部的一座火山,又名雷尼尔山(Mount Rainier)。
② 亨利·詹姆斯(Henry James,1843—1916),美国小说家、文学批评家、剧作家和散文家,哲学家威廉·詹姆斯(William James,1842—1910)的弟弟。

"藤蔓似平伏在地"的事物;
有些"弯曲成半圆,一侧有枝条,
令人想起尘刷,而非树;
有些找到了团结的力量,形成发育不良的小
　树丛,
被压平的一簇簇枝条缩回去,试图逃离"。
这座"由冰设计,又被风打磨"的坚硬山峰——
没有迎风面的白色火山;
闪电划过山脚,
雨下在山谷,雪落在山顶——
这玻璃章鱼对称性地伸展,
它的爪子被雪崩切断,
"伴随一阵来复枪的咔咔声,
在雪粉的帘幕中瀑布似地喷落。"

大海的独角兽和陆地的独角兽

以及他们各自的狮子——
"巨大的麒麟长着无法被丈量的尾巴"——
正是1539年的制图员
描述过的动物,
它们以那样一种方式
挑衅性地旋转,
长长的白色龙骨在翻腾中显现,
拂开高大的野草
和肢体在泡沫中盘绕的海蛇,"扰乱航运商"。
知道一个航海者如何获取一只大海的独角兽
　的角,
献给伊丽莎白女王,
她认定这个角值十万英镑,
它们坚持在自己喜欢的地方游泳,
寻觅狮子成群生活之地,
如同石头与更小的石头一起散布在海滩上——

也寻觅白熊出没之地；

发现南极洲，它的企鹅王和冰塔，

以及约翰·霍金斯①先生的佛罗里达，

那里"盛产陆地的独角兽和狮子，

既然有一只存在，

就必定有它天敌的踪迹"。

截然相反的品性，

可能以这样一种方式结合，

当它们"在政治，贸易，法律，运动，宗教，

中国收藏，网球和上教堂"等问题上

达成一致时，它们的一致性是伟大的。

你已注意到这奇异动物的四重组合，

环绕在求同存异的

"优雅花环"的刺绣上——

荆棘，"桃金娘枝条和几束月桂"，

"蜘蛛网，花结和桑树"，

天青色，石榴色和孔雀石绿——

大不列颠大海的独角兽和他叛逆的孩子，

如今是新英格兰海岸线上引人注目的土著，

---

① 约翰·霍金斯（John Hawkins，1532—1595），英国航海家、海盗、奴隶贩子。伊丽莎白时代三角贸易的开创者，重要的海军将领。

陆地的狮子，异乎寻常地宽容

它在太平洋的对应物——西方的水中之狮。

这是一种奇怪的友谊——大海的狮子和陆地的
　狮子，

陆地的独角兽和大海的独角兽：

狮子彬彬有礼地直立，

驯顺，妥协，如同厄瓜多尔的长尾熊——

狮子对抗森林，

空气编织的屏障：

独角兽亦是如此，用后腿交互站立，

是猎人眼中的一个谜，这最傲慢的野兽，

迥异于天生无角的动物，

像圣杰罗姆[①]温驯的狮子那样被驱遣，形同家畜；

骄傲地反抗狗，

用角产生的链状闪电

惊吓，戏弄它们——

狗对它穷追不舍，仿佛它可以被捉住，

从它喷火的"月光之喉""获取愉悦的恐惧"，

那火就像它的白色外套，完好无损，如火蜥蜴的

---

① 圣杰罗姆（Saint Hierom，约340—420），圣经学者，翻译了《圣经》拉丁文通行本。

皮肤。
如此谨慎，消失了几个世纪，又重现，
却从未被捕获，
独角兽受一个无与伦比的设施
保护，
就像专业铁匠的作品——
这独角的动物
头向前，跃下悬崖，
安全地离开，
精通这一技艺，就像希罗多德，
除了在图片上我从未见过。
这奇怪的动物以其不可思议的狡诈，
变得独一无二，
"不可能被活捉"，
只能被和它一样无害的女士驯服——
难以理喻，既野蛮又温柔；
"笔直，苗条，如同鸡冠，
或者脊柱挺拔的野兽之角。"
在印刷的书页上，
同时也借助口头传播，
无需担心受骗，
我们有与它相关的全部记载：

被雕刻成好似旧天体图上的一头马怪,
在一朵云或童贞马利亚的蓝色衣袍边,
然后被改进,"全身淡淡地装饰着威尼斯的金色、
　银色
和一些O形的蛇,"
独角兽"以战旗的高度",急切靠近;
最后被陌生敌人的外表迷惑,
在地图上,"在她的膝头",
"垂下野蛮又温柔的头"。

猴谜树[1]

类似于猴或松狐猴,

猴子对之不感兴趣,

在类似于福楼拜的迦太基之地,它令人迷惑——

这"叼着蜥蜴的帕多瓦猫"[2],"竹林之虎"[3]。

"稍有混杂",它就不会现身。

不必理会福犬[4],它绝不止是一条狗,

尾巴以一种自得的半螺旋状搁在身上,

这种松树——这种松树老虎,是一只虎,不是一条狗。

它知道,假如一个流浪汉有尊严,

---

[1] 猴谜树(Monkey Puzzle Tree),也叫猴爪杉,猴见愁树,正名为智利南洋杉,常绿乔木。
[2] 摩尔在1923年的一本杂志上看到过15世纪帕多瓦流派的一幅画作,上面画了一只猫,嘴里叼着一只蜥蜴。
[3] 《竹林之虎》,是日本画家禅僧雪村周继(Sesson Shukei,1504—1589)的画作。摩尔在1914年11月的《国际工作室》(*International Studio*)杂志看到这幅画,并做了笔记。
[4] 福犬(Foo Dog),中国古人摆在大门前的石狮子。

直布罗陀就会有更多——
"孤独比不快乐要好"。
一棵针叶松妄图模仿玉雕和石刻,
一种真正的古董,在这收藏古董的小径,
它的价值堪比黄金,但无人从这些森林
带走它,其中社会的无知是巨大的,
相比之下狮子凶残的菊花头反而显得仁慈。
这豪猪刺似的,复杂的僵硬——
即是美——"呈现最好效果的某种骨架比例"。
然而一个人会困惑,它为何在此,
在这孤僻之地——
根本无法解释它的起源;
我们只证明,我们不解释我们的出生。

不公正的园艺

如果黄色意味着不忠[①]，
　那么我就是叛徒。
　　我不会因书上说黄色代表不吉，
　　　白色寓示好，
　便敌视一朵黄色的玫瑰。

无论如何，你独特的品质，
　隐私感，
　　的确可以无视
　　被冒犯的耳朵，而不必忍受
　粗暴无礼。

[①] 这首诗取材于诗人罗伯特·勃朗宁（Robert Browning，1812—1889）和伊丽莎白·巴蕾特（Elizabeth Barrett Browning，1806—1861）的通信。巴蕾特在信中责怪勃朗宁："你在信中第一次送给我的花是一朵黄玫瑰，我得告诉你黄玫瑰意味着什么——'不忠'，花语词典这样解释。你看，这是多么不祥的……开始！"勃朗宁收到信后就在花园中移除了黄玫瑰，重新种植了十二株白玫瑰。这首诗最初的标题是《致勃朗宁》，后修改为《不公正的园艺》，修改后的标题隐去了直接背景，扩大了这首诗的主题。

致军事进步

你用你的头脑,
如同用一块磨石碾碎
　稻谷。
你打磨它,
用你乖戾的机智
　取笑

你的躯干,
其伏卧之地,乌鸦
　扑向
虚弱的心灵,
仿佛它的神显现,
　啼叫

并拍打翅膀,
喧闹让

更多
即刻应招的黑人
再次复活,
　　战争

付出微小的代价。
他们哭泣失去的
　　头颅,
索求应得的奖赏,
直到傍晚的天空
　　变红。

一个拉制的埃及鱼形玻璃瓶

对此,我们最初
有渴望与耐心,
 艺术,犹如一阵波浪凝结,供我们欣赏
 其本质性的直;

并不脆弱,而是
强烈——这光谱,这
 壮丽、灵敏的动物,鱼,
 它的鳞片以其光泽挡开太阳之剑。

致一台蒸汽压路机

说明

对你毫无意义,假如不被使用。

  你没有一丁点儿幽默。你将所有的颗粒

    压成整块,然后在上面走来走去。

闪光的碎石

被压成平整的基石。

  要不是"审美中的客观

    判断,是一种形而上的不可能",你

也许很好地实现了

它。至于蝴蝶,我几乎难以想象

  其对你的有用性,但是,质疑

    补充物的适应性是徒劳的,即使它存在。

致一只蜗牛

假如"简约是最优雅的风格",
那么你具备了。压缩是一种美德,
正如谦逊也是。
我们在风格中看重的,
并非某种
锦上添花的装饰,
或者被充分表述之物所附带的
偶然品质,
而是被隐藏的法则:
在脚的缺席中,有"一种结论法";
在你奇妙的枕角现象中,
有"一种原理知识"。

"没有什么能治愈生病的狮子,除非让他吃掉一只猿"

觉察到化装舞会的
姿态中,有一种空虚,
美微弱的能量无法弥补,
  既然不相称的满足无论在何处
  都缺乏一种得体的气度。

他的手谴责性地举起,
并无丝毫冒犯,就让我们
明白了,他鄙视
  用一只猿治愈我们的风尚——他希望的
  是用新鲜空气包裹我们。

致法兰西的孔雀

"看到他们时,请看管好你的财物",由此,你变
　　成了一只金松鸦。
小丑说,你使他魅力大减,
　　却没有盖住他的风采?是的,只要愿意你也
　　可以。
在被雕凿的背景和泛着乳白光泽的黑色染
　　料中,
　　你是感觉的珠宝;
　　　　感觉的,而非许可证的;只有在市场
　　和宫廷,你才踏出自由的
　　　　步伐。莫里哀①,
　　　　你第一次冒险的杂剧剧目,是你自己的风
　　　　流韵事。

---

① 莫里哀(Molière,1622—1673),法国喜剧作家、演员、戏剧活动家。

"隐士不会住在剧院",孔雀不会在牢房起舞。
为何要做区分?当你站上舞台,
　　结果总是好的;你的胜利不会
　　以可怕的重大牺牲为代价。
　　　　你仇恨骗子;咆哮着
　　　　　穿越过剩的传统;
　　　　　国王不会减少对你的爱,
　　　　　　　世界也不会,
　　　　　　　　迎合其主要兴趣,为了其自发的愉悦,
　　　　　　　　　你宽大的屏张开了。

过去是此刻

如果外在的活力衰竭
　而韵律过时了，
　　我将回到你，
　哈巴谷①，正如最近一次圣经课上，
　　老师讲授无韵诗时。
他说——我想我重复了他的原话：
　　"希伯来人的诗
　是具有升华意识的散文。'迷狂提供了
　　情境，而适宜决定了形式'。"

---

① 哈巴谷（Habakkuk）：希伯来先知。

"他创作了这本历史书"[①]

瞧！你将一点
　　奇思妙想散布在一个深奥的面具上，如此
　　　　迷人，总是让我目瞪口呆
难以评说。
　　　　什么书？书名毫无价值。

简洁
　　又富于活力，你增强了你父亲的
　　　　清晰度，并进行了充分
整合。感谢你为我展示了
　　　　你父亲的手稿。

[①] 美国历史学家查尔斯·麦克莱恩·安德鲁（Charles Mclean Andews，1863—1943）的儿子约翰·安德鲁，在五六岁的时候，有人问起他的名字，他回答说："我的名字叫约翰·安德鲁，我的父亲创作了这本历史书。"

寄居在鲸鱼中

试图用一柄剑打开闭锁的门,将线穿过
　针尖,种下倒置的
　遮阴大树;爱尔兰,你被一个
比你更为大海所爱的不透明之物所吞噬——

你活着,活在每一种匮乏中。
　受女巫驱使,你曾用稻草纺织
　金线,听见男人们说:
"一种与我们截然相反的女性气质

促使她去做这些事。被一种遗传的盲目性
　与天生的无能
　制约,她将变得明智,迫不得已放弃。
受经验驱使,她将回来;

正如水寻求自己的水平。"

而你笑了。"水在流动中不再保持水平"。你亲眼见过,当障碍物阻碍进程时,水就自动上升。

沉　默

我的父亲常说:
"上等人从不做长久的拜访,
以免被引向朗费罗的坟墓①,
或哈佛大学的玻璃花②。
要像猫那样独立——
将它的猎物带到隐蔽处,
老鼠柔软的尾巴像一根鞋带从嘴中垂下——
它们有时享受孤独,
可能被那些令它们愉悦的话语
夺去自己的言辞。
最深的情感总是在沉默中显现;

---

① "朗费罗的坟墓",出自诗人朗费罗的名言:"生命是真实的,生命是诚挚的,坟墓不是他的终点。"在这里的意思是,拜访不可无休无止。
② 哈佛大学有个著名的"玻璃花博物馆",珍藏了三千多件用玻璃材质制作的植物标本,涵盖八百多个物种,全部出自欧洲一对玻璃手工艺师父子之手。

不是沉默,而是克制着。"

他也不无诚意地说:"将我的房子当作你的旅馆。"

旅馆不是安居之所。

布莱克 [①]

我想知道,你看着我们时是否
就像看着长廊尽头一面镜中的
　　自己——虚弱地走着。
我确信,我们看着你时感到
自己好像模糊不清,几乎不可能
　　映现太阳——苍白地照着。

[①] 这首诗写给英国诗人威廉·布莱克(William Blake,1757—1827),最初发表在 1915 年 12 月的《他者》(*Others*)杂志。这首诗即选用此初版。

他制作这扇屏风

不用银也不用珊瑚,
而是用沧桑的月桂树。

他引来一片海,
平展如织毯;

这里,种一棵无花果;那里,放一张面孔;
一条龙盘绕在空中——

此处,建一座凉亭;
彼处,开一朵醒目的西番莲。

致一只墙壁里的老鼠

你让我想起一些男人,
曾相遇,又被遗忘,
　或者,只是重现于
一段风趣的插曲,
他们在其中一闪而过,
　如此迅捷,难以被审视。

缄默与饶舌

"我死后,"
法师说,
　"我会思考正直
　和这位但丁,
　　明白他是正确的,
　　当然,
　　　他会因我的悔恨
　　　而开心。"
"我死后,"
学生说,
　"我一定会变得如此宽容,
　发现我无法
　　嘲笑你可悲的困境,
　　也不会因你的懊恼
　　　而幸灾乐祸,
　　　梅林①。"

―――――――――

① 梅林（Merlin），亚瑟王传奇中的魔法师。

护身符

在一根断裂后
与船身分离,倒在
　船舷边的桅杆下,

跌跌撞撞的牧羊人发现了
嵌在泥土中的
　一只天青石

海鸥,
一只展翅欲飞的
　大海的圣甲虫——

蜷曲着珊瑚色的脚,
张开喙,向
　很久前死去的人们致意。

恐惧是希望

"没有人可以躲避
死亡空洞的眼神。"
　对我们俩的灵魂而言，这不会带来满足，
　　你是一个计划的象征，
　　　隐藏在人的心中。
　　　　华美的光辉掩映你前来，从你阿拉伯的
　　　　　居所，
　　　　一束白光，被扼制在一个骑马走在你前
　　　　　方的
　　　占星家手中，太阳——你超越他，
　　　刺破他的篷车。

太阳，你将与我们
同在。假日
　与愤怒的白昼将合而为一，蜿蜒在摩尔人
　　豪华的设施中，圆形的玻璃旋转成

火焰,如半只巨大的沙漏

　　渐渐缩小成一根细柄。吞噬敌意;

　　在这汹涌的仇恨汇聚之地动用你的武器。

叛乱的脚步无法越过

熊熊的火焰,哦,太阳。

致一位战略家[①]

你卓越的犹太人,
特立独行的变色龙,你
　使一个破旧的篱笆重放异彩。

他们理解
你的肩章和色彩斑斓的思想,也许
　还嫉妒你的声名,

并指责你冷酷!
可是,偏见何时曾得意于
　将一只蜥蜴擒在手中——

一种狡猾之物?
对于以精致的幻想为食的感觉而言,
　理智是违禁品。

[①] 这位战略家指迪斯雷利(Benjamin Disraeli,1804—1881),英国保守党政治家。

是你的小镇尼尼微[①]?

为何如此孤寂?
  在关于鱼的幻象中,
    是什么使你厌恶?难道
      所有以自由之名发生的
        个人变革,并非都是禁忌?

它是尼尼微
  而你是约拿,
    站在你愿望的炽热东风中?
      至于我本人,曾站在
        水族馆边,怅望
          自由女神像。

[①] 尼尼微(Nineveh),西亚古城,位于底格里斯河上游东岸,今摩苏尔市对面。参见《圣经》中约拿的故事。

一个傻瓜,一种邪恶之物,一个不幸的疯子

拥有冷酷的
  网状锁子甲和勇敢的心,雄鹅
  不也仍然被嘲弄,被无知地指派
去扮演傻瓜?
   "埃及的秃鹫,清洁如象牙和黑玉的
  小天使",他们难道最邪恶?
而自然的孩子,
  潜鸟,这早熟的水鸟——为何是他,
  被安置在疯子列表的最前端;
为何是他被塑造成
  不幸的疯子,站在愚蠢的目录中?

勤劳是施魔法,正如进步是飞翔

骑一头大象——"手戴戒指,脚挂铃铛,"①
　她将远去,摆脱灾难。
速度在她的意念中并非与毯子密不可分。移动
　以大象的形象出现;她爬上去,选择了
艰难的旅行。至于被提及的魔毯,她明白
　虽然速度的表象也许依附于审美过程的
稻草人,其实质却体现于那些
　毛理粗糙的动物,它们超越了人视其为蜉蝣的
奇思妙想,赢得了它们抗打击能力的果实,
　被戏称为乏味的必需品——而非珍品。

---

① 这首诗的素材引自童谣《骑木马》(*Ride a Cockhorse*):"骑木马,到班伯里克罗斯,/看见一位贵妇骑白马;/手戴戒指,脚挂铃铛,/走到哪儿,音乐响在哪儿。"摩尔重写了这首童谣,童谣中的贵夫人变成这首诗中勤劳的骑手,她没有选择骑一匹马,而是骑着一头大象,摩尔用"音乐"置换了"超越灾难"的能力。

"砖块倒塌了,我们将用凿好的石头重建。
无花果被砍倒了,我们将改种雪松。"

在何种意义上我们才能
　　保卫自己的和平,像他们所做的那样——
无法让自己
　　免于战争时,便抛弃恐惧?
　　　　他们不会说:"我们不应被大海的顽劣
　　　　　　引向屈服;
虽然我们'用虚假的平衡
　　挫败了自己',将武器放在天秤上,
　　荣耀将从默默无闻中升起;冰雹,
　　　洪水,地震和饥荒
　　　　　既无法吓倒我们,也无法动摇
　　　　　　我们不可被剥夺的力量的根基。"

乔治·摩尔[①]

提及"抱负",
　　从比黑暗更阴郁的钢笔内壁,
　　　你是否向我们呈现了不止一种冷静的法式
　　　幽默,
　　　或者,它本身被指派去逗乐?
　　　习惯性的倦怠
　　　　　从你这儿拿走,你无形炙热的贫血的
　　　　　盔甲——
　　而你正在注满你的"小玻璃管",用那瓶
　　　透明又模糊,自诩诚实的"贫民窟"——
　　　然后与它一起
　　滑稽地消失?你灵魂的取代者,

[①] 乔治·摩尔（George Moore,1852—1933）,爱尔兰小说家、诗人、戏剧家和批评家。摩尔在早期写作阶段甚为关注这位作家,1922年她发表了一篇对乔治·摩尔的评论,称其是"一个美学家,一个在呈现感觉方面有非凡成就的人"。

善于叙述的精神，奉承你，确信在简要报道
　一次选择性事件时，你已理解了不同于猪圈的
　　美，并将你的赞美
固定其上。

被你喜欢是一种灾难

"进攻比和谐更刺激",但是
　　当你坦率地告诉我,你渴望
　　　　我的肉体躺在你的脚下,
　　　　　　我感到费解;只能拿起武器,将你
　　　　　　　　轰出去。
手势——是语言的一部分。
　　让出鞘的手势成为
　　　　你的礼貌必定遭遇的武器,
　　　　　　既然在我听来是一声怒吼的言语,在你的
　　　　　　　　耳中
　　　　　　　　　　只是沉默。

像一根芦苇

或者一个尖尖的
航标,或者
月亮,他照管着自己在水中被风
毁坏的形象;哪怕不同于

水中
任何其他居民,此刻他也不会
攻击它们;仿佛他是
一枚印章,刻着

鸟与蛇交织的
徽记;仿佛他知道
企鹅不是鱼,在它们蝙蝠似的盲目中,仿佛没有
意识到,他是两栖的。

玫瑰而已

看来你们并没认识到美是一种责任而不是
 一种资本——鉴于精神创造了形式这一事实，我
  们有理由假设
  你们一定拥有头脑。对你们而言，一种整体
   的象征，刻板而又尖锐，
 凭借天生的优势卓尔不群，喜欢
诸事独立，喜欢一种野心勃勃的文明

可能生产的一切：对你们而言，孤立无援，想通
 过纯粹的
  矜持驳斥得自观察的推论，毫无意义。你们无
   法使我们
   相信，你们是一种令人愉悦的偶然。但是玫
    瑰，如果你们是卓越的，那
  并非因为你们的花瓣是不可或缺的超凡之物。
   要是没有刺，你们

看上去就成问题,不过是一种

怪物。它们无法对抗一只毛毛虫,风雨,或者
　霉菌,
　　但对那掠夺成性的手呢?没有齐心协力,卓越又
　　　如何?看守着
　　你们极微小的思想碎片,迫使观众
　　接受这一观点:与其被过分强烈地记住,不如
　　　被遗忘,
你们的刺是你们最好的部分。

援 军

通往经验的过道不会
  被提升至史诗般的壮丽。这些人正带着这一
    理念
前往他们的工作,像一群鱼游过

静止的水——等待被外力驱使,改变进程
  或者放弃移动的念头。希腊人的教诲
回荡在我们耳中,但与此类景象相比,他们是徒
    劳的,

意图的脉搏静止不动,因而一个人
  可以看见它,道德机器没有被贴上标签,但
时间的未来取决于意志力。

黑色泥土

是的,坦然地,
以河马或短吻鳄
   爬上岸晒太阳的
   那种悠闲

自在,我做着这些
与别人无关,
   只是自娱自乐的事。有时换气,有时沉入
   水中;遍身泥污站起来叫喊,期待的

是一次
新生;我该说
   与之相反的?河里的淤泥
   裹住我的关节,使我显得灰暗,但我习惯了,

它可以

留在那里；除掉
　它，也就除掉了我自己，因为
　环境的泥垢只能结在

与之俱生
之地。我寄居的
　大象皮肤，是椰子壳似的
　纤维层，没有光能透过这黑色的

玻璃——被
层层不可抗拒的经验
　分割成方格———
　它是一本为花生般的舌头和毛茸茸的脚趾准
　　备的

手册。虽然黑，
却美丽，我的背
　是一部权力史。权力？何谓
　有权，何谓无权？我的灵魂绝不会

被一支木制长矛
刺透；从

童年到此刻，我的躯干
　　描画的周长早已表达了

生与死的
统一；不过，我
　　懂得力的功绩终究无法
　　被阐释；我在我的看护之中；外在的姿态，

有它被骄傲
滋养的核心——我们知道
　　这个核心在何处，但精神的姿态，它的核心又
　　　在哪里？
　　我的耳朵所敏感的不只是

风声。我看，
我听，不像
　　那种棒子似的身体，本应去看，却不看，
　　偏要听那么多；本应去听，却偏偏不听；

那无根的
树干，习惯了对着自己
　　叫喊自己的想法，像一个壳，被了解奇异气压

的人
　　保存完好；那

与珊瑚植物
精神相通的
　　兄弟，被吸入，柔和的蓝宝石光
　　变成朦胧的绿。每个我，相对于

每个我，
一种浮躁的言论，
　　为其自身设限；大象是？
　　前端插着一根卷须的黑色泥土？对于

上述
形式与现象而言，
　　它像大气一样透亮——只是一种树皮——
　　标枪第一次断然无法

击中它，一种必要的
实质，如同物质的
　　不灭性；它
　　承受了电流和地

震，却仍然

存在；其名字即意味着厚重。对于

  无法看见它内部非理性之美的人，

   深刻还是深刻，厚重的皮肤还是厚重吗？

根　基

缩小
至一点,却保留了全部,
　这只胡萝卜注定是粗大的。
　　世界
　　只是一个环境,是供它的脚立足的
　　　一小块可怜的麦地。拥有野心,
　　　　想象,成果,

养分,
连同挤塞在它体内
　相互冲突的一切,它的纤维专断地
　　繁殖——
　　　一个尾巴似的,楔形的引擎携带
　　　　扩张的秘密,伴随强热熔化至
　　　　　落日的

色彩与

僵硬。对于这个带着草帽，静静
　站立，又转身回望它的人
　　而言，
　　　我最幸福的时刻与之相比
　　　　也是悲哀的，生命的
　　　　　境况

注定了
受奴役容易，自由很难。对它
　而言又如何？抛开
　农业知识；它告诉他：
　　　对于不可强迫之事，亦不可
　　　　阻拦。

码头老鼠

有些人似乎和我们一样狡猾地
　　看待这个地方——似乎感到它是作为归属的
　　好地方。在这样一条河上；宽阔——如无常的
　　　大海，闪烁不定，停泊着
　　　一些世上最精美的

船只：横帆四桅船，班轮，战舰，仿佛
　　有三分之二没入水中的冰山；拖船
　　浸在水中，向前推进，抵达时敲响钟声；汽
　　　艇，躺在
　　激流之上，仿佛一柄新制的

箭矢；渡船——船头向前，一格一艘，排成
　　一行准备出发的棋子。风从东边刮来时，
　　空气中就有苹果、干草的气息；风向变化时，
　　　气息

会变浓或变淡；

此外还有绳子，为花卉研究者预备的山叶的气
　　息；假如风从西边刮来，
　　空气中就满是盐的味道。偶尔一只从巴西飞
　　　来的
　　马尾鹦鹉停下，张开爪子攀紧枝条；或者一只
　　　猴子——尾巴和脚
　　　准备开始一段序

曲；所有的手臂和尾巴；多么欢乐！而大海，用
　　马力移动
　　舱壁；各式各样的船舵
　　和螺旋桨；信号声，刺耳，多疑，专断，彼此
　　　相异；
　　　码头上的猫和游艇上的狗；很容易

过高估计此类事物的价值。没有人
　　会基于方便的考虑住在这样一个地方，
　　除非其已习惯，那么乘船
　　就是世上最惬意之事。

何谓岁月?

  何谓我们的清白?
何谓我们的罪?每个人
  都必须面对,无一幸免。勇气
来自何处:这无解的问题,
这坚定的怀疑——
无声的呼喊,聋子似的倾听——
在不幸,乃至死亡中,
   激励他人,
   在失败中,

  激励灵魂自身强大?他
深刻理解,并感到快乐,
  接受必死性,
即使被束缚着,
仍努力提升自己,就像
峡谷中的海,渴求

自由而不能,
　　在屈服时,
　　发现了自己的延续性。

　因此,感受强烈的他,
也行动。正如那只鸟,
　歌唱着,越飞越高,定格
一个向上的形象。虽然他是俘虏,
他有力的歌声
表明,满足微不足道,
快乐才是纯粹的。
　　这是必死的命运,
　　这是永恒。

苦行者

"我们见过驯鹿
漫步,觅食,"一位去过拉普兰的朋友说,
"它们能适应

贫瘠的瑞诺①
或牧场,五十分钟
能奔跑十一英里②;雪地柔软时

足蹄可扩张,
其作用如雪地靴。它们是苦行者,
无论拉普兰和西伯利亚的绣艺家

制作多么精美的

---

① 瑞诺(Reino),拉普兰语,草原的意思。
② 1英里约合1.61千米。

挽缰或有齿状皮革饰边的
鞍带。

  一只驯鹿看着我们,
坚硬的脸,半是棕色,半是白色———一朵
高山皇后①。圣诞老人的驯鹿,终于

  为我们所见,有
灰褐色的毛发,脖子像雪绒花或
斗篷草———更精确地说,像

  列奥讷坡蒂姆②。"它们
枝状烛台似的角
点缀着一片不毛之地,被送到

  阿拉斯加,
作为一份礼物,避免了因纽特人的
灭绝。这场战役

---

① 高山皇后(a queen of alpine flowers),即雪绒花。
② 列奥讷坡蒂姆(leontopodium),雪绒花的拉丁学名,意译为"狮子之脚",暗示这种花的尊贵地位。

由一个沉默的男人打赢,
希尔顿·杰克逊①,为这个种族带去福音,
用驯鹿的脸宣判了对他们的缓刑。

---

① 希尔顿·杰克逊(Sheldon Jackson,1834—1909),美国长老会牧师,教育家,为阿拉斯加的因纽特人引入了驯鹿作为食物资源。

光是言辞

相比于言辞，人们可以
　　更多地谈论阳光；但言辞
　　和光，相互
成就——在法语——
尚未贬斥那个仍未
灭绝的形容词时。
是的，光是言辞。自由，坦诚，
公正的阳光，月光，
星光，灯塔之光，
　　都是语言。乌尚
灯塔①
屹立在无所庇护的
岩石上，是伏尔泰的传承，

---

① 法国西部布列塔尼地区乌尚岛上的灯塔。

他火焰般的正义抵达
　一个受到伤害的人；
　是赤手空拳的蒙田的
传承，他维持着
平衡，无视强盗的
冷酷，点燃悔恨救赎的
星火；是埃米尔·利特①的传承，
语文学决断性的，
热诚的八卷本，
　受希波克拉底②吸引的
编撰者。一个
烈火似的人，一个自由
科学家，是坚定的

马克西米利·保罗·埃米尔·利特。
　英格兰受海洋庇护，
　我们，有被重新加固的巴托尔迪③
自由女神像，在港口

---

① 埃米尔·利特（Émile Littré，1801—1881），法国哲学家，词典编撰家。
② 希波克拉底（Hippocrates，前460—前377），古希腊医生。
③ 巴托尔迪（Frederic-Auguste Bartholdi，1834—1904），法国雕塑家，自由女神像的塑造者。

高举火炬，听到法兰西的
诉求："请告知我真理，
尤其是逆耳的
　真理。"而我们
只能回答：
"法兰西这个词意味着
解放；意味着一个人
能'激励每个想起她的人'。"

他"消化硬铁"

  栖居在马达加斯加岛的
  隆鸟、大鹏,以及
恐鸟,虽已灭绝,
但骆驼-麻雀,在尺寸上
  可与它们相联——色诺芬
曾见过在溪流边行走的大麻雀——过去是,现在
  仍是
一种正义的象征。

  这种鸟以母性的专注
  照看他的雏鸟——用
六周的夜晚
孵蛋——他的腿
  是唯一的防御武器。
比一匹马更迅捷;有马蹄一般坚硬的
脚;比美洲豹

更多疑。凭借
　羽毛、蛋和幼鸟而珍贵的他,
曾被当作一种骑兽,怎么可能尊敬
　演员似地藏在鸵鸟皮下,右手
移动脖子假装活着,
左手从一只袋子掏出稻谷撒下的人,鸵鸟

　也许因此被诱捕,被杀死!是的,这就是他,
他的羽毛在古代
是正义的羽毛;他,
　站着巡哨时,
滑稽的小鸭头在他巨大的脖子上转动,
敏感如罗盘指针,

　以 S 形的路径搜寻,
　整理好后背铅灰色皮肤上的绒毛。
被虔诚展示的蛋,
正如丽达孵化了
　卡斯托和帕罗克斯的那只蛋,
是一枚鸵鸟蛋。还有什么能比这只
在尘土中衔泥筑窝,

涉过湖水或大海,
　只露出头来的鸟
更适合中国的草地,
它在那里吃草,作为礼物,
　被进献给一位喜爱怪鸟的皇帝。

……

　六百只鸵鸟脑服侍
　一场宴会,顶端插着鸵鸟毛的帐篷
和沙漠长矛,华美宝石
装饰的丑陋蛋壳
　高脚杯,八对
披着胄甲的鸵鸟,使形式主义者忽视的意义
变得戏剧化。

　可见的权力
　是无形的;即使在
自由之树未曾生长,
所谓野蛮的勇气了解的地方。
　英雄主义令人疲惫,而它

又和一种贪婪相悖,不会明智地保留
无害的宝石,

　或宏阔的大海雀 ①;
　无所顾忌已吞噬了
所有巨鸟,除了一种体形庞大、翅膀小巧、
　跑动迅捷、机敏的鸟。
这幸存的反抗者
是麻雀-骆驼。

---

① 大海雀(great auk),是一种灭绝的鸟类。

学　生

"在美国，"演讲者
开始了，"人人都必须有一张
文凭。法国人认为
不可能每个人都拥有它，他们不主张所有人
　　都上大学。"在这里，
我们倾向于认为，
　　　虽然不必懂

十五种语言，
但一张文凭并不过分。对我们而言，
一所学校——就像歌唱的树，
它的叶子是齐声合唱的嘴——
　　既是一棵知识树，
也是一棵自由树，——
　　　这点在趋于一致的校训中

可见,真理和光明 ①;
为基督,为教会 ②;明智的
快乐 ③。也许因为我们
没有知识,只有观点,我们
　　是大学生,
不是学者;我们知道
　　当我们询问侨民:

"你的实验何时完成?"他们
总会微笑着回答:"科学
永无终结。"逃离了
国内的冲突,书呆子杰克过上了
　　大学生活,戈德史密斯说;
这里也和
　　法国或牛津一样,学习陷于

危险之中——包括书虫,霉病
和盲从。但新英格兰的
某个人已懂得够多,认为

---

① 真理和光明(lux et veritas),耶鲁校训。
② 为基督,为教会(Christo et ecclesiae),哈佛校训。
③ 明智的快乐(sapiet felici),出处不详。

学生是人格化的耐心,
  是一种英雄的
多样性,"能忍受
  无视和责备,"——能"自我

坚持。"你无法鞭打母鸡迫使
它们下蛋。狼毛是最好的毛,
但无法被剪下,因为
狼不会屈从。对待知识就像
  对待狼的乖戾,
学生自愿
  学习,拒绝丧失

个性。他
"给出观点,然后执着于此";
他提供服务,
不计酬劳,刻意退隐,
  得以回避某些事;
并非
  无情,而是情感过于丰富。

浮躁如鸟

有天真的宽距企鹅眼,三只
　　幼小的大型嘲鸟
在褪色柳下,
　　站成一排,
翅膀紧挨,柔弱而又肃穆,
直到它们看见
　　　不再继续长大的
　　　母亲带来
食物,不公平地
投喂其中一只。

她朝这三只鸟飞来,它们
　　有相似的温驯鸟眼,
点缀着斑点,发出
　　破马车弹簧似的
刺耳间断的啁啾;

每当还活着的甲虫
　　　从一只鸟喙
　　　逃出，
她便啄起，再次
喂进去。

站在树荫下，它们穿上
　　暗淡的，厚密细丝织就的
褪色柳
　　外套，展开尾羽
和翅膀，一只接一只地炫耀，
端庄的
　　　白纹，纵列于
　　　尾羽，横列于
翅翼，
手风琴

再次合拢。会有怎样悦耳的音符
　　伴随突如其来的笛声，
从成熟机敏的
　　鸟喉
跃出，又从

慵懒阳光
　　　照亮的
　　　　遥远天空传回,
在这窝鸟出现之前？鸟鸣
变得多么尖锐。

一只花斑猫观察着它们,
　　在树干上慢慢
爬向齐整的三重奏。
　　对他一无所知,
三只幼鸟腾出地方——令人担忧的
新问题。
　　　一只悬空的脚躲开
　　　它的抓握,抬起,
找到了打算栖息的
细枝。那只

母鸟冲下,紧张于令人胆寒之物,
　　以及付出即有回报的
期待——既然没有什么填满
　　尖叫饥饿的
嘴,便展开致命的搏斗,

用刺刀似的喙
　　　和野蛮的翅膀
　　　将机智而谨慎
攀爬的猫
啄个半死。

斯宾塞的爱尔兰

并未改变——
　　仍是一片绿色仁慈的土地,
　　是我见过最绿的地方,
每个名字是一支小调。
责骂不会感化
　　　罪人;鞭打亦不会,但
不和他说话,就是对他最大的惩罚。
他们遵从天性——
　　　　外套,像维纳斯
镶嵌星星的斗篷,
扣子扣到颈下——从不使用的袖子是崭新的。

在爱尔兰,
　　假如他们在危急时后退着弹奏竖琴,
　　在正午收集
蕨类种子,躲避

"披着铁甲的巨人",那么也许
 真的存在有助于摒弃
愚顽并恢复魔力的
蕨类种子?
 在爱尔兰故事中,
受到阻挠的人物
很少有母亲,不过都有祖母。

这是爱尔兰人;
 举行一场婚礼如同进行一种匹配,
 当我的曾曾祖母
带着土生土长搬弄是非的天赋
说:"你的求婚者
 再完美,一个缺陷
就足以否定他;他不是
爱尔兰人。"愚弄
 仙女,善待复仇女神,
谁都可以一遍
又一遍地说:"我将永不屈服,"却从未意识到

你并不自由,
 除非你被最高信仰

所俘获——你认为

这是盲从？当夸张而优雅的手指

颤抖着，在七月中旬

  用一根针

分开苍蝇的翅膀，用孔雀尾包裹它，

或者系上羊毛和

   秃鹰的翅膀，他们的骄傲，

像巫师的骄傲，

是谨慎，而非疯狂。协调一致的手抖开

亚麻编织的锦缎，

 当它被爱尔兰的天气漂白，

 就有了浸过水的

银色麂皮似的

紧致。绞丝金项圈和新月形

  金配饰，并非

紫珊瑚色吊钟海棠似的珠宝。爱尔瑞[①]——

灵巧的

   海鸠，荒地上的

母鸡以及

[①] 爱尔瑞（Eire），爱尔兰的旧名。

竖琴般美妙的红雀——意指无情?那么

他们对我的意义,
　　就像中了魔法变成一只牡鹿的
　　杰拉尔德伯爵①对
一只绿眼大山猫的
意义。麻烦
　　　令他们隐身;他们
消失了。爱尔兰人说,你的困难是他们的
困难,你的快乐
　　　是他们的快乐?我希望
我能相信这点;
我困惑,我不满,我是爱尔兰人。

---

① 杰拉尔德伯爵(Earl Gerald,1525—1585),人称"巫师伯爵"(Wizard Earl)。

穿山甲

又一种盔甲动物——鳞片
  层层相叠,像圆锥形的云杉一样整齐,延续
    到尾部,
形成了不间断的
  同心圆!近似于有头和腿并配备了坚韧沙囊的
    洋蓟,
  这夜间的艺术工程师,
      正是列奥纳多·达·芬奇的缩小版——
        是我们很少听说却令人难忘的勤劳
          动物。
      盔甲仿佛是多余的。但对他而言,
        隐藏的耳脊——
          或者无遮蔽的、缺少这种
          显著标志的耳朵,有类似于安全收缩
            装备的

鼻子以及闭上后无法穿透的

　　眼缝，都不多余——一个真正的食蚁兽，

不吃蟑螂，能忍受

　　夜晚疲惫而孤独的旅程，在月光下，

　　尤其要借助月光，穿行于陌生之地，

　　　　日出前才归来。手的外缘

　　　　　可以承重，保护用于挖掘的

　　爪子。像蛇那样

　　　攀缘在树上时，他一点也不好斗，

　　　　　总是悄悄

　　　　　　避开危险，只会发出一阵无害的嘶嘶

　　　　声；保持着

莱顿-巴扎德的托马斯①式

　　西敏寺②铁蔓藤那种柔弱的优雅，或者

把自己滚成一个球，抵抗

　　任何想展开它的外力；紧紧蜷起，以灵巧的头

　　为核心，在脖颈处也不断开，一直盘绕到脚。

----

① 莱顿-巴扎德的托马斯（Thomas-of-Leighton Buzzard），英国13世纪的铁艺师。
② 西敏寺（Westminster Abbey），也译为威斯敏斯特教堂，坐落在伦敦泰晤士河北岸。

他有抵抗利刺的鳞片；岩石中的洞穴
　　用土从里面封上，使之变暗。
太阳和月亮，白昼和夜晚，人和野兽，
　　各有一种光，
　　　　限于其全部卑劣的人不应对此
　　　　视而不见；每种事物都有奇妙之处！

"胆怯却又可怖，"这甲胄的食蚁兽
　　遭遇兵蚁时绝不后退，而是
尽可能吞噬，当兵蚁为了报复，
　　蜂拥着爬上他的身体，他放平尾部锋利的
　　叶状鳞片，四肢和身体变成洋蓟似的整体，
　　　　剧烈地颤抖。紧紧裹住，如伽格拉斯雕
　　　　刻的
　　　　斗牛士空心铁头上那顶帽子的
　　卷边，它落在地上，
　　　毫发无损地
　　　　溜走。当然，如果没有受到侵扰，
　　　　他也能借助尾巴，小心地

爬下树。巨大的
　　尾巴，是优雅的工具，可以当作支柱，手，

扫帚或斧头，其顶端
如大象的鼻尖，有特殊皮肤，
　对于这吞食蚂蚁和石头、难以被伤害的洋蓟
　　而言，
并不是无用的，无知之辈以为
　　他靠石头和蚂蚁为生，是一种生动的
　　寓言。穿山甲不具侵略性；在
　　黄昏与黎明之间，他并非不具备某种事物
　　　由链条带动的
　　　　机械形式和漂浮似的爬行方式，
　　　　因逆境和多样性而变得

优雅。阐释上帝的恩宠，需要
　　一双奇特的手。假如一切都不是永恒的，
为何那些人，一个又一个僧侣——
　用动物形象装饰了教堂尖顶，又聚集在那儿，
　安于冰冷奢华的低矮石座，在朴实的
　　房梁间——要辛勤劳作，融合
　　　恩宠与仁慈，按时偿还债务，
　　赎罪，巧妙地运用
　　　　至今
　　　　　仍受认可、垂直延伸的

石制窗棂？一艘海船

是第一机械。穿山甲亦是,
  用四条腿沉默地前行,堪称
精确的典范;有时按照人特有的姿势,
  后腿直立行走。在日月之下,为了活得更好,
  人们努力工作,忽视了另一半值得拥有的鲜花,
    必须明智地选择如何运用他的力量;
      黄蜂似的造纸者;蚂蚁似的
  食物搬运工;蜘蛛似的
  在溪流的峭壁上
    结网;在战斗中,配备
    穿山甲似的机械装置;在沮丧中

倾覆。俗气或完全
  赤裸的人,自我,我们称之为人的存在,世
  界的
书写者,一个黑暗的格里芬[①],
  "同类厌恶他可憎的同类";用更多的错误
  书写错误。是动物中具有幽默感的一类。

[①] 格里芬(Griffon),希腊神话中狮身鹰首蛇尾的怪兽。

幽默省略了一些步骤，节省了时间。稍具
　见解，
　谦逊，冷漠，感情用事，
有不屈不挠的毅力，
　和成长的能力，
　　虽然很少有生物能令他
　　呼吸加快，站得更直。

他无所畏惧，
　有时又胆怯不前，步履谨慎，好像每一步都会
遭遇不测。符合
　如下公式——温血，无鳃，有四肢和少许毛
　　发——是
一种哺乳动物；他坐在自己的栖息地，
　　穿着毛料服，厚重的鞋。被恐惧追逐，他，
　　总是
　　因黑夜来临而受挫，绝望，遗憾于未竟
　　　的事业，
　对交替性的火焰说：
　　"太阳将再次升起！
　　　更新每一天；新的新的新的阳光
　　　照进来，安抚我的灵魂。"

纸鹦鹉螺 ①

 为了唯利是图的
权威人士?
 为了沉迷于
 茶会声誉与往返之舒适的
作家?并非为了这些人,
  纸鹦鹉螺
  建造了脆弱的玻璃壳。

 作为她易朽的
希望之纪念品,灰白色的
  外壳,边缘平整的
   内壁,
大海一般光滑,警惕的

---

① 纸鹦鹉螺(paper nautilus),是一种雌雄异形的八脚软体动物,与章鱼有近亲关系,生活在温带海洋的开放水域,有像纸一样薄的外壳。

创造者

日夜守卫着它；几乎

不吃，直到蛋孵化出来。
八只胳膊的

八重覆盖，从某种

意义上说，她是一条
章鱼，玻璃羊角似的摇篮盛装的物品

隐藏着，却不会被压碎；

如同赫拉克勒斯，被

一只忠于九头蛇的螃蟹咬住，
胜利受到阻挠，

密切

照看的卵孵出来，
它们自由时也解脱了壳——

蜂巢上留下

白色裂纹，白而细密的

爱奥尼亚式皱褶 [①]

[①] 在古希腊，无论贵族平民都穿一种宽松的白色长袍，称作 Chiton。Chiton 分多利安式（Doric Chiton）和爱奥尼亚式（Ionic Chiton），上面有许多皱褶。

如同帕特农神庙中
　马的鬃毛线条，
　那些胳膊
彼此缠绕，仿佛它们知道
　爱是唯一的堡垒，
　坚固，值得信赖。

然 而

你见过一颗草莓,
　　那里曾有过一场争斗;是的,
　　在碎片聚集之地,

一只刺猬或一只海星,
　　为了大量的
　　种子。还有比苹果核

更好的食物?——这果实中的
　　果实——被闭锁着,
　　如同相向弯曲的一对

榛实。霜,杀死了
　　橡胶草①的

---

① 橡胶草(kok-saghyz),或青胶蒲公英,一种中亚的蒲公英,有能分泌橡胶的肉质根,在二战中被用来制造橡胶产品。

小叶子，却无法

伤害根；它们在冻结的地里
　　继续存活。那里曾有过
　　一株仙人果，

叶子粘在带刺的铁丝网上，
　　根扎在
　　两英尺下的土中；

如同胡萝卜长成了曼德拉草，
　　或者，一只公羊角
　　偶尔生了根。胜利不会

降临我，除非我
　　走向它；一根葡萄藤
　　打了一个又一个结，一共

三十个——因此
　　被束缚的嫩枝，无法摇动，
　　忍耐着，不断超越。

弱者战胜

　　其威胁,强者战胜

　　它自己。无可比拟的

是坚韧!汁液

　　流过纤细的脉络

　　使樱桃变红!

黄　鼬

优雅地现身，臭鼬——
别笑——穿着森林黑白花栗鼠的
礼服。这漆黑的家伙，
随亮闪闪的山羊皮相应地
变白，是守林员。裹上
貂皮似的、墨鱼汁染过的皮草，就是
决心的图腾。被判定为
不法之徒？他甜美的面孔和强劲的足现身各处，
披着酋长的齐尔卡特外套。
他有抵抗飞蛾的自我防护，

这高贵的小武士，活泼的臭猫，
身上的水獭皮，
能窒息任何刺激它的东西。好吧——
鼬鼠有相似的顽皮，他的鼬鼠关联物
亦是。只有
黄鼬才与我相关。

大　象

抬起，摆动，两根象鼻
最后定格成紫藤似的，反向对峙
扭结的一对鼠灰色枝干，
争斗至螺旋状的鼻子

僵局，在稳若堤坝的庞大之上。这是一场
毫不留情激烈持久的战斗？只是
一场消遣而已，如同用鼻子将吸入的池水
洒在自己身上；或者——既然各自都必须

供给自己四十磅的树枝晚餐——拔断
枝叶繁茂的大树枝。这些佛牙的圣殿武士，
势均力敌的强者，照管着
重要工具。一头象，带着年轻的安宁神态入睡，

全身躺进半干的、阳光斑驳的溪床，

捕猎号角般弯曲的鼻子搁在浅显的石头上。
沉睡者的身体如倾斜的空谷，
摇篮般托住正在轻轻呼吸，山丘般俯卧的

看象人，这人睡着，像一只死气沉沉的六英尺
青蛙，交叉的双足轻如鸿毛，
大象僵硬的耳朵对其毫无知觉。这
毫不设防的人酣睡着，好像

用坚硬的皱纹雕凿而成，装饰着宽大的耳朵，
长着无敌的牙齿，受到神奇毛发的庇护！
好像，好像，全是好像；我们
极为不安。但魔法的杰作属于它们——

霍迪尼①的镇定平息他的恐惧。
大象耳朵见证过赞美诗
和颂歌，这些服侍者全身灰色，有的
腿上，鼻干上有一点白，是一个朝圣者

---

① 霍迪尼（Harry Houdini，1874—1926），从匈牙利移民美国的魔法师。

妄想且不敬的方式——一个
没有牧师的宗教行列,
数世纪以来最谨慎,且未预演过的
戏剧。受佛牙保佑,这驯服的兽本身

作为有牙齿的寺庙护佑街道,瞧,
白象驮着垫子,
垫子上搁着箱子,箱子里供着佛牙。
顺从于与他相匹配的,渺小的

受托人。他不会骑上去,在
白色华盖,蓝色垫子驮着牙齿
庄严缓慢地回到圣地时。虽然白色
是神圣和悲悼的颜色,他

来到此地却不是为了膜拜,因过于聪明
而难得悲伤———一个生命的囚徒,不过已皈依。
鼻干紧紧卷起——大象
失败的标志——他抵抗,但此刻

是明智的孩子。他挺直的鼻干仿佛在说:
我们的希望落空之时,会重新振作。

正如失败不曾干扰苏格拉底[1]的
宁静,大象勉强为之的

镇静也是。这个动物中的苏格拉底,
正如蜜蜂索福克勒斯[2]一样,后者的
墓碑上刻有一个蜂巢,甜蜜浸染
他的庄严。他抬起的前腿作为

一截楼梯,借助耳朵可供爬上爬下,
向作为侵犯者的人
阐述生物的兄弟情谊,用带点的
小词,动词 bud——意为知。

这些知道者"唤醒了他们与人结盟的
感觉",能随受托人改变角色。
艰难成就战士;受教性
使他成为哲学家——如苏格拉底,

审慎地检查可疑之物,懂得

---

[1] 苏格拉底(Socrates,前470—前399),古希腊哲学家。
[2] 索福克勒斯(Sophocles,前496—前406),古希腊悲剧家,绰号"蜜蜂"。

最明智者是不确定自己是否知道的人。

骑虎总是难下；

在一头大象上沉睡即安宁。

一辆来自瑞典的马车

他们说它的产地有一种气息,
　　比我们这里更甜美;
　　一种哈姆雷特城堡的氛围。
不管怎样,在布鲁克林
有些东西令我自在。

无人关注这种被弃用的
　　博物馆展品,这辆乡村马车,
　　内在的幸福将其变成艺术;
然而,在这个有污点的
正直城市,它是一种

涂了树脂的率直脉络,来自
　　北风打磨坚硬的瑞典
　　曾反对妥协的

岩石群岛。华盛顿和古斯塔夫斯·阿道弗斯[①],
请原谅我们的衰败。

座椅,挡泥板和光滑的葫芦皮质地的
  两侧,花饰的踏板,天鹅型
  飞镖似的刹车,旋转的甲壳动物似的
尾部,马科的两栖生物
装饰着轮轴!多么

精美的事物!旁若无人的
  浪漫!多么美,她
  拥有白鹭
天然的曲线,灰色的眼,直顺的发,
为了她,它会来到门前——

它令我想起她。剖开的
  松树般的金发,塘鹅般沉静清澈的
  眼和松针覆盖的小径上
迅捷如鹿的脚步;那是瑞典,自由的
国度和云杉的土地——

---

① 古斯塔夫斯·阿道弗斯(Gustavus Adolphus,1594—1632),瑞典国王(1611—1632年在位),号称"北方飓风"。

还只是一株幼苗,就已亭亭——所有的

  叶针:来自一根绿色的树干,层层青翠

  呈扇形展开。

穿着厚底鞋白色长筒袜灵巧的

舞动!丹麦避难的犹太人!

拼图壶[①]和手织毯,

  腿如树根身形似狗的克拉肯[②],

  挂扣和礼拜日夹克

衣襟上的饰扣!瑞典,

你有一个奔跑者名为鹿,他

在赢得一场比赛时,喜欢

  多跑一会儿;你有阳光照耀的

  山墙,东西走向,桌子

仿佛为宴会而铺陈;折叠的

成对衣褶,有鱼鳍似的

---

① 拼图壶(Puzzle-jug),16 至 19 世纪欧洲流行的一种饮酒游戏壶,壶颈有镂空花纹,饮酒者必须在不溢出酒的情况下饮用里面的酒。
② 克拉肯(Kracken),传说中的挪威海怪。

效果,你全不需要。瑞典,
  是什么让人们穿戴成那样,
  看到你的人总想留下?
是奔跑者,不会过于疲累,以至于在终点
无法多跑一会儿?是那辆

马车,有海豚似的优雅?是一座
  会自动点亮的达伦①灯塔?——反应灵敏,
  可靠。我理解;
并非松针覆盖的小径在他们奔跑时
提供弹性,而是

护城河环绕白色城堡的瑞典——茂密生长的
  S形白色花床
  指代瑞典,坚定,
技术和写着
瑞典制造的外观②:马车是我的行当。

---

① 尼尔斯·古斯塔夫·达伦(Nils Gustaf Dalén, 1869—1937),瑞典物理学家与发明家,1912年因发明结合燃点航标、燃点浮标和蓄电池等功能的自动调节装置而获诺贝尔物理学奖。
② 瑞典(Sweden)、坚定(stalwartness)、技术(skill)、外观(surface)四个单词的开头都是"s"。

精神是一种迷人的东西

一种有魔力的东西。
　　　如纺织娘
翅膀上的釉,
　　　　被太阳细分出
　　　　无数网格。
如吉塞金①演奏斯卡拉蒂②;

如无翼鸟③锥形的
　　　喙,或者
几维鸟毛茸茸的
　　　羽裳,精神
　　　　虽然盲目却能感知它的方向,

---

① 沃尔特·吉塞金(Walter Gieseking,1895—1956),法国音乐家。
② D.斯卡拉蒂(Domenico Scarlatti,1685—1757),意大利音乐家。
③ 无翼鸟(Apteryx oweni),与下文的几维鸟是同一种鸟,新西兰的稀有鸟类。体大如鸡,翼与尾均退化,喙长而微弯,鼻孔位于喙的尖端,叫声有如尖哨,常发出"kiwi——"声,故名几维。

眼睛盯着路面前行。

它有记忆的耳朵,
　　　无需刻意去听
即可听见。
　　　　如陀螺的降落,
　　　真正的明确,
由压倒一切的确定性校准。

它是一种
　　强大的魅力。如
鸽子的
　　　　脖颈,在太阳下
　　　　熠熠生辉;它是记忆的眼睛,
是诚实的自相矛盾。

它撕去面纱;撕去
　　诱惑,撕去笼罩心灵的
薄雾,
　　　　从它的眼中——如果心灵
　　　　有一张脸的话;它拆卸
沮丧。它是火,在鸽颈的

虹彩中；在

　　斯卡拉蒂①的

自相矛盾中。

　　　清晰将混乱

　　提交给证据；它

并非希律王不可更改的誓言②。

---

① 斯卡拉蒂（Scarlatti Alessandro，1659—1725），意大利作曲家，近代歌剧之父。
② 希律王的誓言（Herod's oath），《圣经》记载，希律王在宴会上发誓满足他的继女莎乐美的要求，莎乐美便求施洗约翰的头，希律王无奈之下满足了她的要求。

不信任美德

坚韧地活,坚韧地死,为了
　　勋章和战场的胜利?
他们战斗、战斗、战斗,与那个
　　自以为看得见的盲人——
他看不见奴役者
也受奴役;仇恨者,也被伤害。哦,闪耀,哦,
　　坚定的星,哦,狂暴的大海
　　　　汹涌澎湃直到微小的事物如其所愿
　　被冲走,山峰似的波浪
　　　　使观看的我们理解了

深渊。他们在战斗前迷失于海上!哦,
　　大卫之星,伯利恒之星,
哦,主黑色帝国
　　之狮——一个崛起世界的
象征——最终团结,

团结。仇恨的王冠下一切
　　　皆亡；没有爱的王冠
　　　　无人可成王；被赐福的功绩护佑
荣光。正如传播疾病
　　　会制造疾病，

传播信任会促成信任。他们
　　在沙漠和洞穴中战斗，一个
接一个，以连营为单位；
　　他们在战斗，为了我
能从疾病中恢复，我的
自我；有人轻松应对；有人则死去。"人
　　常常自相残杀"，我们
　　　　会自我吞噬。敌人不可能
　　在我们的防线上制造
　　　　更大的缺口。一个引领

盲人能摆脱他，但
　　因虚假安慰而沮丧的约伯知道
没有什么比做一个睁眼瞎
　　更令人挫败。
哦，死了却自以为活着的人，骄傲于

视而不见,哦,渺小的尘埃
　　如此傲慢地行走,
　　　　信任产生力量,信念是
　　一种多情之物。我们
　　　　发誓,我们保证

去战斗——这是一种承诺——"绝不
　　仇恨黑人、白人、红种人、黄种人、犹
　　　太人、异教徒、贱民。"我们
　　无力承担
这份誓言。他们正咬紧牙关战斗,
战斗,战斗——有些人我们爱着,也认识,
　　有些人我们爱着却不认识——
　　　　心灵能感受,并不麻木。
　　它治愈我;或者我就是
　　　　我无法信任之人?有人

在雪中,有人在峭壁,有人在流沙中,
　　渐渐地,越来越多地,他们
战斗战斗战斗,
　　置之死地
而后生。"当一个人陷于愤怒时,

他为外物所役；当他耐心
　　　耐心耐心地坚守
　　　　　阵地时，就是行动或
　　美，"是战士用于战斗的
　　　防御和最坚硬的

盔甲。世界是一所孤儿院。若无
　　悲伤，
若无垂死者对永不到来的希望的渴望
　　我们就不会有和平？哦，
尘埃之上的安宁形式，我
看不见，然而我必须去期待。假如这些伟大而耐
　心的
　　　　死亡——所有这些痛苦，
　　　　　　受伤和流血——
　　　　能教我们如何活着，那么这些死亡
　　　　　　就没有白费。

仇恨磨硬的心，哦，铁石心肠，
　　铁就是铁除非它生锈。
没有一场战争不是
　　内在的；我必须

战斗,直到我征服了引发战争的
内在因由,但我并不相信它。
  我内心什么也没做。
    哦,背叛者似的罪!
美是永恒
  而尘埃只刹那。

一张面孔

"我并非不忠,无情,妒忌,迷信,
傲慢,怨愤,或极度可恨":
  研究,研究它的表情,
  愤怒的绝望,
    虽未陷入真正的僵局,
    也会乐意打碎镜子;

对秩序,热诚,直截了当简洁的爱,
伴随一种探究性的表情,是一个人存在所需的
 全部!
  某些面孔,很少,一两张——或者
  被回忆定格的一张——
    对我的心境,我的目光,
    一定保留了一份愉悦。

情感的努力

创世记讲述了犹八和雅八的故事,
一个弹竖琴,一个放牛。

莎士比亚独创性的诗句:
"干草,美味的干草,无与伦比"[①],
爱,卓越而又平常的固执
就像拉封丹寓言,
独立成篇,仿佛互不相干,
微笑着,阻止分心;
　　　欢迎之至:

防尘与防贼合为一体,
其无私的正直使审查变得卑微。

[①] 引自莎士比亚剧作《仲夏夜之梦》第4幕第1场。

"你知道我不是一个圣人!"神圣的执念。
流血的心——奇异的橡胶蕨的吸引力

使香味变得可耻。
象耳蕨未修剪的枝条
不会使自私的目的看起来高贵。
的确,就像太阳
能腐烂或修复,爱也能
使人变成野兽,使野兽变成人。
　　因而完整——

有益健康?即是说情感的努力——
成就牢不可破的整体性。

贪婪和真理有时相互影响

我不喜欢钻石;
翡翠"草灯似的光"更好;
　有时谦逊,
　　光彩夺目。
　某些致谢则令人难堪。

诗人们,请别大惊小怪;
大象"弯曲的小号""的确书写";
至于我正在读的一本老虎之书①——
　我想你知道——
　我受益匪浅。

　　一个人可以被宽恕,是的,我知道,
　　一个人可以,因为永恒的爱。

---

① 老虎之书(tiger-book),指英国博物学家詹姆斯·科贝特少校(Major James Corbett, 1875—1955)的《库蒙的食人兽》(*Man-Eaters of Kumaon*, 1944)一书。

礼 节

是那样一类词,
　　　如同勃拉姆斯[①]
　　　　　听过的
　　　　　一只鸟儿
喉咙深处啼出的和弦;
它是毛茸茸的小啄木鸟
　　　　　在一棵树上盘旋——
　　　　　　　向上,向上,向上,像水银;

　　一首短促的
　　麻雀
　　　　干草籽之歌
　　　是宏大的——
　一种和谐的静默

[①] 勃拉姆斯(Johannes Brahms,1833—1897),德国作曲家,钢琴家。

伴随源头力量的严谨。礼节
　　　　是巴赫①的《索尔费吉托》②——
　　　口琴和低音歌手。

　　冷杉上，
　　　波浪冲蚀的
　　　　　岩石的海墙边
　　　　忧郁的
树上，鱼脊——拥有它；一道月虹
和巴赫在一首小调上
　　　　　欢快的坚定，
　　　　　　它是猫头鹰和猫

　　都满意的
　　协约。
　　　　来吧，来吧。它
　　　　　与机智混合；
它不是一种优雅的悲伤。它是

---

① 卡尔·菲利普·埃马努埃尔·巴赫（Carl Philipp Emanuel Bach, 1714—1788），德国作曲家，约翰·塞巴斯蒂安·巴赫（Johann Sebastian Bach, 1685—1750）的次子。
② 《索尔费吉托》(*Solfeggietto*)，C. P. E. 巴赫创作的 c 小调键盘小练习曲。

低头反抗,就像
　　　　狐尾似的黍米的反抗。勃拉姆斯和
　　　巴赫,
　　　不;巴赫和勃拉姆斯。首先感谢

　　巴赫的歌
　　是错误的。
　　　　　请原谅;
　　　　　两者都是
自在的三色堇面孔,
未受自我审视的诅咒;因
　　　　生来如此而受到诋毁。

一个人编织的意大利之网

生长,直至面目全非,
被太多东西覆盖。极度厌倦的人
  可独自选择要前往的竞赛或集市。
  古比奥的弩弓比赛?

追求宁静刺激的独木舟划手,
桃子集市?或者佩鲁贾附近的骡子秀;
  假如没有使萨拉森人着迷的马赛。
  再次回顾这本现代

  异域神话①,你会对其

---

① 这首诗前两节引自米切尔·古德曼(Mitchell Goodman,1923—1997)的文章《意大利旅行者的节日和集市》,发表于1954年4月18日的《纽约时报》。1950年前后,摩尔正在翻译拉封丹寓言,史蒂文斯建议她停止这项翻译,去欧洲旅行,做实际考察,摩尔便创作了这首诗作为回答。她含蓄地表达了这样一个观点:对外在世界的实际观察,往往会扰乱观察者的心神,不如通过文本知识的观察有效。

淡漠的精神,"喷洒迷人珠宝的源泉",
　　表达敬意。
　　难道我们未被结局吸引?——

与索邦学院进行的工作
大相径庭;但并非完全不同,既然
　　成就其辉煌的不仅是天才。
　　心灵沉浸其中,一切便是好的。

迷迭香[①]

美和美之子,和迷迭香——
简单地说,就是维纳斯和爱神,她的儿子
据称诞生于海上——
在每个圣诞节,彼此相伴,
编织一个欢宴的花篮。
  并不总叫迷迭香——

逃到埃及后,开出不同的花。
标枪似的绿叶,背面泛着银色,
它的花——起初是白色——

[①] 迷迭香(Rosemary),它的英文名由两个拉丁词(ros 和 marinus)演变而来,意指"大海之朝露"。迷迭香原产于地中海沿岸,属于常绿灌木,夏天开蓝色小花,看起来像小水滴,所以被称为"海中之露"。据说迷迭香的花本是白色,圣母马利亚带着圣婴耶稣逃往埃及途中,将她的蓝色罩袍挂在迷迭香上,迷迭香的花从此转为蓝色,因此又被称为"圣母马利亚的玫瑰"。另一说则是耶稣在逃离犹太前往埃及途中,将洗好的衣服晾晒在迷迭香上,赋予了它许多药效,因而成为基督教的神圣供品。

后来变蓝。记忆的香草,
模仿了圣母马利亚的蓝色长袍,
　　不会因过于传奇,

而无法成为象征与香料之花。
从海边的石头,跃至
基督的高度,在他三十三岁时——
它吸食露水,对于蜜蜂
"有一种无声的语言";在现实中
　　是一种圣诞树。

逻辑与《魔笛》

  走上旋转楼梯,
此处,剧院迷失于什么?
难道我正看着一个幽灵——
至少是
  一缕阳光或月光的提示,
没有腰?
  借助仓促的跳跃
  或已应验的不幸,
魔笛与竖琴
以某种方式将自己混同于
  中国珍贵的梯螺。

  他们独特的洞府中
有相近的生命与时间,
鲍鱼似的阴郁
和一种侵扰的嗡嗡声,

弥漫在这阵容庞大的
小听众室。
　　而门外，
　　一对对交错的
溜冰者竞相从溜冰场
滑向斜坡，一个魔鬼怒吼，
　　仿佛冲下一级级大理石楼梯：

　　"爱是什么，
我会拥有吗？"真理
是朴素的。戒除懒惰，
约束粗鲁的
　　欺骗。拥有高贵噪音的
捕鸟人①之爱，那个魔法侦探，
　　如鸟的音符所证实的——
　　最初的电子色彩库——
毫无逻辑地编织
逻辑无法拆解的：
　　无需承担，无需推动。

---

① 捕鸟人（Trapper），莫扎特创作的歌剧《魔笛》中带有喜剧因素的人物。

哦,愿化身为龙

  如果我,像所罗门那样……
 能行愿——

 我愿……哦,化身为龙,
一种天堂的权力象征——像蚕
那样小,或者身形庞大;有时隐匿无踪。
  多么贴切的现象!

我能，我可以，我要

假如你告诉我，为何沼泽
看似无法通行，我会
告诉你，为何我认为
只要我想，就可以。

致一条变色龙

隐藏在葡萄藤葳蕤的叶与果实之中,
你的身躯
　盘绕着
　　修剪光滑的藤茎,
　　　变色龙。
　　　置于
　　一块与黑暗之王 [①] 巨大的翡翠
　同样长久的翡翠之上的
火,
也不能如你这样,为了食物粗暴地干扰色谱。

[①] 黑暗之王(The Dark King),指所罗门王,他拥有一张巨大的翡翠圆桌。

一只水母

显现，消隐，
　一种起伏的魔力，
一种琥珀色药酒似的紫水晶
　充盈它，你的胳膊
靠近，它打开
　又闭合；你想
捉住它，它颤动；
　你放弃了这个念头。

使用价值

我上学,我喜欢那里——
青草和蕾丝似的一小片槐树荫。

写作得以讨论。他们说:"我们
在生命历程中创造价值,不敢期望

它们的历史进步。"因为抽象,
你希望你是具体的;这是一个事实。

我正在研究什么?使用价值,
"根据其自身的立场判断。"我依旧深奥?

一个学生一边走,一边漫不经心地说:
"'至关重要'和'似是而非'是我理解的词。"

一种令人愉悦的表述,匿名的朋友。
手段当然不能战胜目的。

不如"一株枯萎的水仙"

本·琼森①这样说自己?"哦,我仍像
某座陡峭山巅正在消融的雪,
  嘀嗒,嘀嗒,嘀嗒,嘀嗒。"

我亦是这样,直到看见那袭法国锦缎
闪耀绿色,仿佛阴影中的某只蜥蜴
  变得明确——

被紫罗兰的复制品衬托——
就像西德尼②,穿着条纹夹克
  靠着一棵酸橙——

一件艺术品。而我好像也是
一棵树边漫不经心的休息者——
  并非水仙。

---

① 本·琼森(Ben Jonson,1572—1637),英国剧作家、诗人和演员。
② 西德尼(Philip Sidney,1554—1586),英国诗人、文学评论家。

在公园[①]

波士顿有一个节日——
混同了所有人——
附近,博学的圆塔
(深红,蓝和金色)
已使教育个性化。

我的第一个———一次独特的,
近似于圣经之旅——
从后湾[②]到剑桥的出租司机,
在行驶的路上说:"他们
在哈佛培养了一些优秀的年轻人。"我想起

那个夏天,法尼尔厅[③]

[①] 指美国波士顿公园。
[②] 后湾(Back Bay),位于波士顿公园西部,有独特的建筑风格。
[③] 法尼尔厅(Faneuil Hall),波士顿的一座历史建筑,自 1742 年起,法尼尔厅是一个市场及会议厅。

带金球和蚱蜢的

风向标,再次由工匠

镀金,

　　变得锃亮。春天可能是那里的

　　一个奇迹——非比寻常的

　　一束春色——

"比云更白的梨花",沼生栎的

叶子几不可见,

　　而其他树已绿荫如盖,此外有

　　适合杜尔西内亚·德尔·托波索①的

　　小精灵似的

鸢尾;哦是的,还有雪中的

雪花莲,闻起来就像

　　紫罗兰。抛开世俗的喧嚣,

　　我走进国王礼拜堂,

　　听他们唱诵:"我的职责是赞美,

---

① 杜尔西内亚·德尔·托波索(Dulcinea del Toboso),塞万提斯《堂吉诃德》中的女性人物名。

而世人熙熙攘攘。不再是陌生人
或过客,我像一个归家的
　　孩子。"一座礼拜堂或一个节日

　　意味着相互给予,
　　哪怕是非理性的:
黑色鲟鱼卵———一匹
来自伊朗哈马丹的骆驼;
　　一颗宝石,或者,更不寻常的

　　沉默——在平庸词语的瀑布后——
　　和自由一样
不可企及。自由又是为了什么?
为了"自律",就像我们
　　最勤勉的公民所说的———一所学校;

　　是为了用对工具的感受
　　"免除艰辛"。
那些在中转营地的人必须拥有
一项技能。怀着对自由的一线
　　希冀——有人采集

他们能出售的药草。
　　假如他们生病,即不合格。
　　　　　是吗?

还有那些交谈一个小时
却不告诉你他们为何而来的
　　人。我呢? 这不是情歌——
　　不是中世纪的圣歌集。
　　这是一个感恩的故事——
没有那种
诗人理应拥有的光彩——
　　既不正式,也不专业。但人仍然无需熄灭

　　对诗歌的希望,
　　在其中智力习以为常——
高兴于缪斯有一个家,而天鹅——
传说可能是真的;
　　高兴于受到普遍赞美的艺术
　　实际上总是个性化的。

列奥纳多·达·芬奇的

　　　　圣杰罗姆和他的狮子①
　　　　　在那座墙垣半倾的
　　　　修道院,
　　　　　　分享为一个圣人提供的避难所——
　　连接的框架,为了激情洋溢,心思敏捷,
　　　　　精通语言的杰罗姆——
　　为了一头狮子,就像赫拉克勒斯②的木棍
　　　　　毫发无伤的那一头。

　　　　　这头野兽,作为客人受到款待,
　　　　　尽管有些僧人逃走了——
　　　　　它的爪子上
　　　　　扎着一根染红的沙漠荆棘——

---

① 这里指列奥纳多·达·芬奇未完成的遗作《圣杰罗姆》。
② 赫拉克勒斯的十二项任务中,其中一项是杀死复仇女神的狮子,据说所有的武器都无法穿透狮子的金皮。

被留下,看守修道院的驴子……
　　　　后者踪迹全无,杰罗姆猜测
是被它的看守吃掉了。于是这位客人,就像一头
　驴子,
　　　被驱使去搬运木头,任劳任怨,

　　但不久之后,就认出了
　　　　那头驴子,将
它恐吓过小偷的
　　　　整个驼队移交给懊悔的
圣·杰罗姆。这无辜的野兽和
　　　　圣人莫名地成为一对;
现在,既然他们行为端庄,外形相似,
　　　　他们的名士地位好像正式化了。

　　既平和又热情——
　　　　若非两者皆备,他
如何成就伟大?
　　　　杰罗姆——因他所经受的一切而憔悴——
无论吃什么,都日渐消瘦,
　　　　留给我们拉丁文《圣经》[①]。在狮子

---

① 《圣经》通行本(Vulgate),即圣杰罗姆翻译的拉丁文版本《圣经》。

星座①，
　　尼罗河涨潮，生长食物以遏制饥荒，
　　　　使狮嘴喷泉合宜，

　　　　即便不算普及，
　　　　　至少不晦涩。
　　　　这虽然算不上一种摘要，天文学或暗淡的
　　　　　颜料
　　　　　使列奥纳多·达·芬奇素描中
　　金色的一对——好似
　　　　阳光漂染。图画，圣人，野兽
　　在闪耀；狮子王海尔·塞拉西②，以豢养的
　　　　狮子作为君权的象征。

---

① 关于狮子座（Leo）的设立，普遍认同的说法是在4000多年前的古埃及，每年仲夏节太阳移到狮子座天区时，就有大量狮子从沙漠聚集到尼罗河的河谷乘凉喝水，狮子座因此得名。
② 狮子王海尔·塞拉西（Haile Selassie），埃塞俄比亚最后一个皇帝（1930—1974），二战中以抗击意大利侵略而闻名，据说豢养狮子为宠物。

花岗岩和钢铁 [1]

释放权力的缆索,由钢丝织成,
　被海镀成银色,被雾染成灰色,
　与自由女神一起统领海湾——
　双足并拢,踏着被打碎的锁链,
　那曾完整的锁链,由暴政打造。

被囚禁的,钢铁与石头铸成的喀耳刻,
　她的铸造者是德国人的智慧。
从塔柱到桥墩"哦,悬链的弧线",
是心灵的残缺与人厚颜无耻的贪婪
无法和解的敌人,
　他对愚蠢的优先权愚蠢的爱

---

[1] 摩尔的这首诗对哈特·克莱恩(Harold Hart Crane,1899—1932)的《桥》(*The Bridge*)进行了回应。克莱恩在《桥》中将布鲁克林大桥作为一种文化象征,与辉煌的古典文化对接,希望书写美国现代神话,而摩尔则反对这样的野心。

恰在最近
还在阻碍即将踏上岸的
默从的双足,而黑暗
毫无缘由地降临,
仿佛正直不曾在大海中
连接我们的城市。

"哦,群星之路
被海鸥的翅翼飞越!"
"哦,由我传承的光辉!"
——确证相互交映的和谐!

未曾试过的权宜之计,搁置;然后试用;
出口,入口;浪漫的通道,
首先被心灵看见,
然后是眼睛。哦,钢铁!哦,石头!
顶端的装饰,一对彩虹,
仿佛被法国人的敏锐倒置,
约翰·罗布林的纪念碑,
彰显了德国人的坚韧;
合成的跨距——一种事实。

精神,棘手之物

  即使打磨自己的斧头,有时
   也会成全他人。为何它不能成全我?

   哦,想象丰富的,
词语的巫师——诗人,这即是
阿尔弗雷多·帕齐尼①给你的定义?
难道此刻你没有
在我眼睛半闭的三联画上
  映射一个被提升的幽谷意象——
"狐狸葡萄藤花饰,如枯叶飘落"
浅沙色的幽暗小径,一片叶子
  从枝条纤细的柿树凋零;再一次,

---

① 阿尔弗雷多·帕齐尼(Alfredo Panzini, 1863—1939),意大利小说家、词典编撰家。

一只鸟——亚利桑那州，
被追赶，历经两小时的追逐
也无法捕获的布谷鸟，走之字形路线的
奔跑者，全身印满黑色
条纹，尾巴
　　螺旋桨式旋转着挑衅我？
你懂得恐怖，知道如何处理
被压抑的情感，一首歌谣，巫术。
　　我却不懂。哦，宙斯，哦，命运！

敢做就敢当，
不纠结明显的失败，
你，想象丰富之人，不害怕
诽谤者，死亡，忧郁，
曾诱骗了泽诺的美人鱼，
　　使修辞不可抗拒：
暗礁，沉船，失踪的少年，以及"沉没大海的
　　铃铛"——
如此接近，如同我们与国王的距离——
　　是我不知如何处理的技艺。

梦

读了杰罗姆·S.希普曼 [1] 关于艺术家学术职位的评论之后 [2]

委员会——现在是一个永久实体——
成立，只为一件事，
给艺术家找寻职位，他们曾忧心忡忡，现在满
足了；
欣喜于吸引了巴赫和他的家族 [3]

---

[1] 杰罗姆·S.希普曼（Jerome S. Shipman，1924—2006），美国作家。
[2] 摩尔这首诗是一种"直接书写"的实验，素材来源于杰罗姆·S.希普曼1965年写给《文汇》(Encounter)杂志主编的一封信。希普曼在信中对莱昂内尔·特里林（Lionel Trilling，1905—1975）在西北大学的告别演说进行了讽刺性评论，并创作了《巴赫先生在西北》一诗，虚构巴赫入职西北大学，同意一周创作一支康塔塔，借此嘲讽美国大学对艺术家的赞助政策。摩尔从希普曼的信中提取了一些零碎片段来编织这首诗，作为她对希普曼评论的回应。
[3] 巴赫成长于一个庞大的音乐家族，16至18世纪有53个巴赫家族成员任管风琴师、唱诗班领班或市镇乐师。

"前往西北"[①]，另外还有五台大键琴，
　　不带上它们，他不会离家。
为了他条理清晰，无需节拍器，音调优美的多
　样性，
对位法地，坚定地，持之以恒地，
　　不可抗拒地，命运般的巴赫——帮我找找
　　词吧。

期待为大学创造
　　　契机，插上翅膀的发明，
在大师课（德国更严厉）后轻而易举，

每周一支康塔塔[②]；赞美诗，赋格曲，协奏曲！
　这里，学生们渴望一位老师，全都在刻苦
　　学习。
　　欢呼！再次欢庆！幸运！
　　似在无限重奏它全部的赋格曲。
　　（也注意到过度工作的巴赫并未厌烦。）

[①] 这里指希普曼的讽刺诗《巴赫先生在西北》，"西北"指美国西北大学。
[②] 康塔塔（Cantata），多乐章大型声乐套曲，源于意大利，后在德国盛行，内容既有宗教题材，也有世俗题材。

海顿 ①，听说了巴赫的扬帆之旅，
请求埃斯特哈奇亲王 ② 将他自己借给耶鲁 ③。
大师级的专业赋格曲形式，自此盛行。

眼花缭乱的胡说八道……我虚构的？哈！
够了。J. 塞巴斯蒂安——生于埃森纳赫：
我梦中的盾徽：巴赫演奏巴赫！

---

① 海顿（Franz Joseph Haydn，1732—1809），奥地利作曲家。
② 埃斯特哈奇亲王（Prince Esterházy，1714—1790），匈牙利亲王尼古拉斯一世，酷爱音乐，聘请海顿为其私人管弦乐团音乐指导。
③ 这里是希普曼的讽刺性虚构：海顿听说巴赫受聘西北大学，自己也急切地辞去埃斯特哈奇亲王提供的职位，希望受聘耶鲁大学。

旧游乐园

——在它变成拉瓜迪亚机场之前

匆忙,忧虑,漫不经心的
游客,绝不改变
　　压力,直至近似蝙蝠的盲目。
　　　如此可怕的困境不可能
　　　发生在这罕见的场所——

人群蜂拥至电车,
吱嘎响的绿色毛毛虫,
　　如保龄球的轰隆声
　　　震颤空气。公园的大象
　　　慢慢斜躺下来;

一个侏儒复制品骑上
象背的山丘。

深黑色，毛茸茸的小马坐下，
　像一条狗，有一种天真的神态——
　不耍花样——最好的表演在那里。

就像无始无终的
摩天轮上升，
　尖桩篱栅似的骑行小马（每次十美分）。
　　一个生意人，马场的男孩
　　锁住他的骑马器具——

旗帜飞扬，门票堆积，
射击场被无视——
　半正式，半退隐，
　　歪靠着一根柱子，
　　告诉一个朋友什么是无足轻重的。

这是一个坚果壳中的旧公园，
就像它驯顺而又野性的旋转木马——
　激动人心的巅峰，
　　此时胜利是映现，
　　混乱，则是追溯性的。

一种权宜之计——列奥纳多·达·芬奇
的——和一种疑问

是耐心
　　保护灵魂，如同衣物为身体
御寒，因此"伟大的错误
　　是无力激动"——
　　似乎困扰他的问题
　　结出果实，记忆
使过去再现——
就像"葫芦的抓握，
　　　确定而稳固"。

"没有人会因过于迟钝
而一事无成。一个
缺少变通，只懂一个词的
　　演说家
　　不值得赞美。"他的青翠

不会妨碍高度，任何
可能攀附他藤蔓的
臭鼬或蛇：
　　　高度令它们退避。

怀着热情，
　　他画花，橡实，岩石——强烈地，
就像乔托①，对自然
　　　进行测试，模仿——
　　　罗马的衰败——不曾败坏他所画的。
他将雷同的模式
视为背叛。
无与伦比，受世人
　　　敬重，他深陷

忧郁。难道
　　拥有难以匹敌的精致脸庞的丽达——
　　　不能缓解那种打击？
　　　"悲伤"……难道列奥纳多

---

① 乔托·迪·邦多纳（Giotto di Bondone，1266—1337），意大利画家、雕刻家与建筑师，被誉为"欧洲绘画之父"。

说的不是,"我同意;证据驳斥了我。
如果一切皆变,
　　数学就无用":
而是,"请告诉我
　　　功绩何在?"

W. S. 兰德[①]

我
能忍受的某个人——
　"一个愤怒的大师……
原本要做战士,
　后来转向了文学",他可以

将
一个人扔出窗子,
　却"对植物温柔以待",说:"天哪,
紫罗兰!"
　"擅长每一种

风格

[①] 指瓦特·兰德(Walter Savage Landor,1775—1864),英国诗人,个性极强,热爱自然。

和色调"——因为要同时顾及
  无限和永恒,
他只能说:"我理解时
  才会谈论它们。"

致一头长颈鹿

如果个性不被允许,且是
致命的,如果老实本分

不受欢迎——还有害,
如果眼睛并不天真——是否意味着

你只能依靠顶端的叶子为生,它们很小,
唯有高大的生物才能摘取?——

对此长颈鹿是最好的例子——
这不善言辞的动物。

被心理问题折磨时,
一个生物可能难以忍受

极具诱惑之物;

或者准确地说,是异乎寻常的,

既然比一些以情感为纽带的动物
更不善言辞。

 最终
形而上学的安慰
是深刻的。在荷马那里,生存

有缺陷;超越,有条件;
"从罪到救赎的旅途,是永恒的。"

亚瑟·米切尔[①]

苗条的蜻蜓
过于迅捷,眼睛难以
　框限——
具备感染力的精湛之作——
使心绪有迹可循。
你移动的珠宝

　　既呈现
　　　又遮蔽了
　　　　一扇孔雀尾羽。

---

① 亚瑟·米切尔(Arthur Mitchell,1934—2018),美国非裔舞蹈艺术家,创建了哈莱姆舞剧院。